Les Cinq se mettent en quatre

Les Cinq se mettent en quatre

Une nouvelle aventure des personnages créés par Enid Blyton racontée par Claude Voilier.

Illustrations
Frédéric Rébéna

hachette
JEUNESSE

Claude

11 ans.
Leur cousine. Avec son fidèle chien Dagobert, elle est de toutes les aventures.
En vrai garçon manqué, elle est imbattable dans tous les sports et elle ne pleure jamais... ou presque !

François

12 ans
L'aîné des enfants, le plus raisonnable aussi.
Grâce à son redoutable sens de l'orientation, il peut explorer n'importe quel souterrain sans jamais se perdre !

Mick

11 ans comme Claude.
C'est un casse-cou (un gourmand aussi !) qui n'hésite jamais avant de se lancer dans les plus périlleuses aventures...

Annie

10 ans
La plus jeune, un peu gaffeuse, un peu froussarde !
Mais elle finit toujours par participer aux enquêtes, même quand il faut affronter de dangereux malfaiteurs...

Dagobert

Sans lui, le Club des Cinq ne serait rien !
C'est un compagnon hors pair, qui peut monter la garde et effrayer les bandits.
Mais surtout c'est le plus attachant des chiens...

Une nouvelle aventure des personnages créés
par Enid Blyton racontée par Claude Voilier.

Illustrations : Frédéric Rébéna.

Hachette Livre, 43, quai de Grenelle, 75015 Paris.

chapitre 1

Vive les vacances !

— Claude ! dit Mme Dorsel à sa fille. Ne reste donc pas ainsi dans mes jambes ! Tu me gênes. J'irai beaucoup plus vite sans toi pour préparer les bagages.

— Je n'ai pas envie de sortir, répond Claude en soupirant. Le jardin est noyé sous la pluie. De la fenêtre de ma chambre, on ne voit même plus la mer tant la brume est épaisse.

— C'est un temps de saison. Les vacances de Noël commencent aujourd'hui !

Ce mot de « vacances » ramène un sourire sur les lèvres de Claude. Grande pour ses onze ans, elle a un visage ouvert et agréable. Ses yeux, aussi sombres que ses cheveux, coupés court et bouclés, reflètent une vive intelligence.

— Tu as raison, reconnaît-elle. Je ne dois pas me plaindre. Je n'aurais jamais imaginé que papa nous emmènerait tous dans le Midi. Là-bas, nous retrouverons le soleil.

— Je l'espère, acquiesce Mme Dorsel en souriant.

Puis elle pousse gentiment sa fille vers la porte.

— Allons, Claude ! Sois raisonnable ! Laisse-moi travailler et emmène Dagobert. Tu sais que ton père ne veut pas le voir dans les chambres.

Claude se tourne vers Dagobert, son inséparable compagnon, un chien sans race définie mais au regard « parlant », affirme sa jeune maîtresse.

— Viens, mon vieux ! lui dit-elle. Ici, nous sommes indésirables. Descendons à la cuisine. Maria aura peut-être quelque chose de bon à nous offrir en guise de consolation.

Maria est la cuisinière des Dorsel. Elle vit avec eux, à Kernach, dans leur villa des *Mouettes*. Ayant vu naître Claude, elle fait pratiquement partie de la famille. Elle personnifie l'activité, le dévouement et la bonne humeur.

— Ah ! Te voilà, Claude. Et toi aussi, Dago ! Je parie que votre visite est intéressée !

Attendez que j'aie fini de pétrir ma pâte pour la tarte du dessert... Pendant qu'elle reposera, je vous servirai un bon goûter...

Quand Claude est installée devant une tasse de chocolat fumant accompagné d'une grosse brioche, et Dag occupé à ronger un os, Maria sourit.

— J'aime te voir bon appétit, ma petite Claude. Quand tes cousins seront là, je vous mijoterai vos plats préférés.

— Tu es gentille, Maria, répond Claude. Mais François, Mick, Annie et moi, nous ne t'encombrerons pas longtemps ces vacances-ci !

— Hé, oui ! Ton père n'est pas pour rien un savant très connu ! Vous avez bien de la chance qu'il puisse vous emmener avec lui pendant son congrès, dans cette grande ville où...

Claude coupe court au bavardage de Maria pour exprimer tout haut sa joie.

— Mes cousins n'en savent rien encore... Ils seront fous de joie, c'est sûr ! Vivement demain !

En période de vacances scolaires, M. et Mme Dorsel – oncle Henri et tante Cécile pour les trois jeunes Gauthier – reçoivent leurs neveux et leur nièce aux Mouettes.

Claude attend donc avec impatience la venue de ses compagnons de jeu…

Par chance, le lendemain, il fait un temps splendide pour la saison : froid, beau et sec… presque un miracle au bord de la mer !

À onze heures du matin, à peine descendus du bus reliant la gare à la petite ville de Kernach, François, Mick et Annie Gauthier se précipitent pour embrasser Claude et ses parents.

— Bonjour, tante Cécile ! Bonjour, oncle Henri !

— Claude ! Quel bonheur de nous retrouver tous ensemble !

— Le Club des Cinq est de nouveau au complet !

— Ouah ! Ouah !

Vite assourdi par le vacarme, M. Dorsel retourne s'enfermer dans son bureau. Sa femme charge Claude d'annoncer à ses cousins le changement apporté au programme des vacances.

— Comment ? s'écrie Mick, tout réjoui. Nous allons passer Noël dans le Midi ? Chouette, alors !

C'est un garçon du même âge que Claude, aussi vif et dynamique que sa cousine à laquelle il ressemble beaucoup. Claude étant en général en pantalon, il n'est pas rare qu'on la prenne elle-même pour un garçon.

— Magnifique ! se réjouit à son tour François. J'avais bien entendu parler de cette exposition internationale d'astronautique, mais j'étais loin de me douter qu'elle nous vaudrait un agréable séjour au pays du soleil !

François est l'aîné des trois Gauthier. Grand et aussi blond que Mick est brun, il a douze ans... « la douzaine athlétique », dit Claude en riant. Quant à Annie, la benjamine, elle est blonde, elle aussi, avec d'admirables yeux bleus qui reflètent sa douceur naturelle.

— Moi aussi, déclare-t-elle, je suis bien contente de voyager. Mais au fait, Claude, Dag viendra-t-il avec nous ?

— Je crois bien ! réagit Claude avec élan. Papa sait que j'aimerais mieux mourir que m'en aller sans lui !

— Ha ! ha ! s'exclame Mick en se moquant de sa cousine. Toujours tes grands mots ! Mourir parce qu'on te séparerait de ton bien-aimé sac à puces !

— Sac à puces ! proteste Claude en simulant l'indignation. Tu oses injurier Dag ?

— Oui, oui ! Sac à puces ! Sac à p... !

— Ouah ! Ouah ! Grrr... !

Et, d'un même élan, Claude et Dag s'élancent sur Mick qu'ils renversent sur le tapis où ils font mine de le mettre en pièces... C'est un jeu, et tous trois le savent. Claude envoie quelques bourrades à son cousin, Dag feint de le dévorer vif, Mick appelle au secours d'une voix chevrotante. François et Annie se tordent de rire...

Évidemment, ils se gardent bien d'intervenir.

La porte s'ouvre brusquement, livrant passage à Maria.

— Êtes-vous devenus fous, les enfants? Attendez un peu que M. Dorsel vous entende! C'est lui qui vous dévorera tout crus pour le moins! Allez! Filez vite au jardin tandis que j'aide ta maman à finir les bagages, Claude! N'oubliez pas que vous partez demain!

Joyeusement, les Cinq se précipitent dehors.

— Qu'il fait beau! s'extasie Annie.

— Peuh! réplique Claude. Ce n'est rien à côté du soleil qui nous attend dans le Midi. Comme nous allons nous amuser là-bas! Papa sera occupé par son congrès et les savants étrangers avec lesquels il est en correspondance pour ses travaux.

— Autrement dit, souligne Mick, à nous la liberté !

— Au fait, demande François, où logerons-nous, Claude ?

— Pas à l'hôtel, bien sûr ! Ce serait ruineux et Dago risquerait d'être refoulé… Par chance, maman a, là-bas, de lointains cousins qui partent de leur côté pour les sports d'hiver. Ils lui cèdent leur appartement pour la durée de notre séjour. Nous aurons un étage entier à notre disposition.

— Chic ! Est-ce que Maria nous accompagne ?

— Non ! Maman se chargera de la cuisine et nous l'aiderons à faire les courses !

Les enfants parlent encore un moment des projets de leurs vacances, puis se promènent le long de la mer jusqu'à l'heure du déjeuner. Ils occupent leur après-midi à des jeux tranquilles car la pluie s'est remise à tomber. Plus que jamais, ils ont hâte de s'envoler vers le soleil…

chapitre 2

La vente aux enchères

C'est en effet par avion que les Cinq et les parents de Claude font le voyage.

À leur descente d'avion, les enfants s'entassent gaiement dans un vaste taxi. L'appartement prêté aux Dorsel domine une artère particulièrement animée. Sur un couloir central s'ouvrent des pièces bien distribuées : celles servant de chambres donnent à l'est, les autres à l'ouest.

M. Dorsel ne perd pas de temps : il s'enferme dans le bureau-bibliothèque afin de réviser des notes et de donner quelques coups de téléphone.

Pendant ce temps, sa femme installe les garçons dans une chambre et les filles dans une autre.

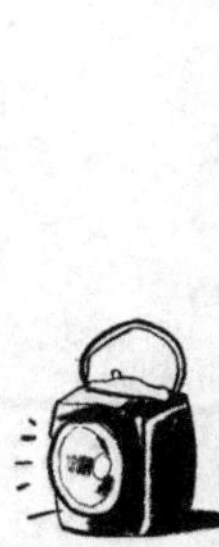

— Ma cousine a libéré quelques tiroirs et une partie de chacune des penderies. Rangez-y soigneusement vos affaires. Quand vous aurez terminé, venez me retrouver.

Claude et ses cousins prennent possession de leur nouveau logis et s'extasient sur le luxe du mobilier. Dago, comme s'il comprenait, marche sur le bout des pattes. C'est un chien bien élevé qui sait faire la différence entre le gravier des allées des *Mouettes* et l'épaisse moquette d'un appartement citadin.

Quand les enfants ont fini de défaire leurs valises, ils courent rejoindre Mme Dorsel. Elle aussi vient d'achever ses rangements.

— Avant toute chose, déclare la jeune femme, il nous faut aller au ravitaillement. C'est une bonne occasion de reconnaître le quartier. Tandis que ton père s'occupe de son côté, Claude, je vous propose une sortie en ville.

Rien ne peut plaire davantage aux Cinq, impatients de se dégourdir jambes et pattes. La petite troupe se met donc en route avec entrain.

— Cette ville a l'air très agréable! déclare François au bout d'un moment. Ces bus... Cette foule...

— Et ces tours! ajoute Claude.

— Et ces voitures! dit Mick.

— Et ces beaux magasins, achève Annie.

Dag ne dit rien, mais Claude devine ce qu'il ressent : en fait, Dago est affreusement vexé qu'on lui ait passé un collier et qu'on le tienne en laisse. Il est habitué à plus de liberté. Claude caresse sa tête hirsute et juge utile de le réconforter.

— Ne boude pas, Dag ! lui murmure-t-elle. Avec cette circulation, il est plus sage de ne pas te lâcher. Tu es un chien prudent mais tu n'as pas l'habitude des feux de croisement. Je me demande même si tu sais distinguer le vert du rouge…

Dag, se sentant compris, pousse un « Ouah » de contentement et frétille de l'arrière-train. Après tout, il est avec Claude ! N'est-ce pas l'essentiel ?

Après avoir repéré les commerçants, les rues voisines, le square situé à deux pas et relevé le numéro des bus desservant les différents quartiers de la ville, les Cinq aident consciencieusement Mme Dorsel à faire ses provisions.

Tout le monde rentre enchanté au logis.

Après le repas, M. Dorsel expose son programme. Il sera absent chaque jour, dès le matin, et ne rentrera que dans la soirée, pour dîner en famille.

— Pendant ce temps, décide Mme Dorsel, nous visiterons la ville en détail, les enfants et moi. Il paraît que les promenades sont belles et les musées remarquables. Et puis… je courrai aussi les ventes publiques. J'éprouve tellement de plaisir à dénicher de beaux objets anciens !

Les enfants sourient : ils connaissent la passion de tante Cécile pour les ventes aux enchères.

Claude partage les goûts de sa mère. Mais, comme elle a un caractère très indépendant, elle espère bien ne pas être obligée de la suivre pas à pas. À Kernach, les Cinq ont toute liberté pour se promener seuls. Ne peuvent-ils également circuler seuls ici ? Claude pose la question à sa mère dès le lendemain matin.

— Maman ! demande-t-elle à la fin du petit déjeuner. Quand nous serons un peu plus familiarisés avec la ville, nous permettras-tu de flâner de temps en temps sans toi ?

Mme Dorsel sourit.

— Je ne dis pas non, répond-elle, si chacun de vous me promet d'être très raisonnable. Et puis, j'ai confiance en François. C'est un garçon qui a le sens des responsabilités.

— Merci, tante Cécile, dit François, un peu confus.

— Tu es l'aîné et tu as du bon sens. Sans toi, ta cousine ferait souvent des sottises. Tu la freines toujours à temps.

Claude se mord les lèvres pour ne pas rire. En fait, si François a de l'influence sur ses cadets, Claude en a encore plus, subjuguant même le sage François… Vive, dynamique, jamais à court d'imagination, elle « écume l'aventure de la vie », selon l'expression de Mick. Autrement dit, perpétuellement aux aguets, elle a le chic pour se fourrer dans des situations impossibles… et entraîne à sa suite ses cousins émerveillés.

Cette curiosité sans cesse en éveil de Claude l'a amenée à éclaircir des mystères et même à débrouiller fort habilement de véritables problèmes policiers.

Avec ses cousins et Dago, elle a fondé le Club des Cinq qui se donne pour but de résoudre toute énigme passant à sa portée… Et y réussit la plupart du temps.

Il y a maintenant trois jours pleins que les Cinq et « tante Cécile » visitent consciencieusement la ville. Au matin du quatrième jour, Mme Dorsel annonce aux enfants :

— Cet après-midi, si vous le désirez, vous pourrez aller voir un film sans moi. J'ai l'intention de me rendre à la salle des ventes où se trouvent exposés des objets destinés à être vendus demain aux enchères. Vous n'êtes pas obligés de m'y accompagner.

Claude fait la grimace. Elle déteste se séparer de Dago. Or, on ne va pas au cinéma avec un chien. Aussi ne laisse-t-elle même pas à ses cousins le temps de répondre.

— Oh ! Maman ! Si cela ne te fait rien, je préférerais aller avec toi ! Tu sais que j'aime bien ces ventes, moi aussi !

François et Annie font chorus :

— Nous aussi ! Nous aussi ! Emmène-nous, tante Cécile !

— Comme vous voudrez ! Si j'en crois le journal, il s'agit de la dispersion des biens d'une certaine Germaine Langlois, récemment décédée sans héritiers. La nature des objets qui seront mis en vente demain m'intéresse au plus haut point : meubles anciens et bibelots précieux. Aujourd'hui, ils sont exposés dans la salle numéro 8 où les curieux aussi bien que les amateurs d'antiquités sont admis à les examiner.

— J'adore les bibelots ! déclare Annie.

— Cette exposition aidera à nous former le goût, ajoute François, d'un ton mi-sérieux mi-malicieux.

Mick aimerait mieux voir un film que de piétiner devant des vitrines. Mais comme il serait le seul à protester, il juge plus prudent de se taire.

Vers deux heures de l'après-midi, Mme Dorsel et les Cinq partent en taxi.

La salle des ventes se dresse à l'autre bout de la ville. La salle numéro 8 est déjà envahie par une petite foule qui admire les meubles et les bibelots exposés. Des appariteurs surveillent discrètement les allées et venues.

Les vitrines contenant les bibelots se trouvent près de l'entrée. Il y a là des porcelaines ravissantes, des petits bronzes et, surtout, des jades et des ivoires de toute beauté. Mme Dorsel et les enfants les contemplent un moment, puis passent aux meubles. Les plus massifs ne tentent nullement la maman de Claude. En revanche, elle tombe en arrêt devant un petit fauteuil crapaud, d'une facture exquise.

— Que c'est joli ! s'exclame Annie.

— On doit être fameusement bien là-dedans, estime Mick dont la paresse est bien connue.

Dag, que l'on a laissé entrer sans histoire, semble tout à fait de l'avis du jeune garçon. Son air appréciateur fait rire Claude.

— Ce fauteuil t'intéresse ? demande-t-elle à sa mère.

— Je crois qu'il ferait très bien dans le salon, qu'en penses-tu ?

— Il a beaucoup de classe, dit François.

— Demain, si son prix ne monte pas trop, je tâcherai de l'avoir, décide Mme Dorsel.

Elle aimerait bien regarder le meuble de plus près mais un autre amateur, déjà là quand le petit groupe est arrivé, ne semble pas pressé de s'éloigner. Planté devant le fauteuil, il en palpe le velours fané mais en bon état, suit du bout des doigts les nervures du bois, examine le dos et les pieds du meuble.

Enfin, comme à regret, il s'en va. Claude, qui l'a dévisagé discrètement, glisse tout bas à ses cousins :

— Est-il peu sympathique, cet individu !

Et, avec une grimace, elle ajoute :

— S'il assiste demain à la vente, je crains qu'il ne donne du fil à retordre à maman. Ce fauteuil a l'air de lui plaire.

Les craintes de Claude sont fondées… Le lendemain, quand Mme Dorsel, accompagnée des enfants, se rend à la vente Langlois, les Cinq reconnaissent dans l'assistance l'homme qu'ils ont remarqué la veille.

— Tu vois, murmure Claude à Mick, j'avais raison… Notre amateur de crapaud est revenu.

— Crapaud lui-même ! réplique Mick en riant. Cet homme a une tête de grenouille.

Annie se retient de pouffer. L'inconnu ressemble effectivement à un batracien avec sa grande bouche aux lèvres minces et ses yeux globuleux énormes.

La vente commence. Différents meubles sont adjugés. Enfin deux commis apportent le fauteuil qui plaît à Mme Dorsel et le placent bien en évidence, face au public.

Le commissaire-priseur fait une proposition.

— Mise à prix, cent euros ! annonce-t-il.

— Cent cinquante !

— Deux cents euros !

— Deux cent cinquante !

Les enchères ont vite fait de monter, car le meuble est vraiment de qualité. Passé six cents euros, toutefois, il ne reste plus que Mme Dorsel et « Tête-de-Grenouille » à se disputer le fauteuil.

— Six cent cinquante ! lance l'homme.

— Sept cents ! jette, un peu à regret, la maman de Claude.

— Sept cent cinquante.

— Huit cents euros !

Les enfants n'ignorent pas que tante Cécile a décidé de ne pas dépasser cette somme, déjà importante pour elle. En revanche, l'air résolu de son adversaire laisse deviner que celui-ci poussera fort loin l'enchère. Après les « huit cents euros » proposés par Mme Dorsel, Claude et ses cousins ont un instant d'espoir. Tête-de-Grenouille vient d'être pris d'une quinte de toux qui l'empêche de parler. Le commissaire-priseur lève son marteau.

— Huit cents euros, une fois ! Huit cents euros, deux fois !.... commence-t-il.

Les enfants savent que, lorsqu'il aura annoncé « Huit cents euros, trois fois ! » et que son marteau retombera sur la table avec un bruit sec, l'adjudication sera chose faite : le fauteuil appartiendra à Mme Dorsel.

Hélas ! Ne pouvant parler, Tête-de-Grenouille amorce le geste de lever la main. Cela équivaut à une surenchère. Mais, en une fraction de seconde, la catastrophe est évitée. Un remous dans l'assistance fait perdre l'équilibre à Mick qui, machinalement, se raccroche à son voisin le plus proche : Tête-de-Grenouille lui-même ! Celui-ci ne peut achever le geste commencé... et le marteau retombe.

Le fauteuil vient d'être adjugé à Mme Dorsel. Heureuse, la mère de Claude se félicite tout bas d'être devenue propriétaire du ravissant petit meuble.

— Sans moi, dit Mick en souriant, elle ne l'aurait jamais eu. Quelle veine qu'on m'ait poussé sur ce désagréable bonhomme, juste au bon moment !

— J'espère que tu ne t'es pas suspendu exprès à son bras ? hasarde François, méfiant.

— Pour qui me prends-tu ? proteste Mick.

Vexé, il ajoute d'un air vertueux :

— Le procédé n'aurait pas été honnête !

— En tout cas, le hasard a bien fait les choses ! conclut Claude, tandis qu'Annie se réjouit de voir avec quel entrain sa tante règle les frais.

Mais si Mme Dorsel est enchantée, son adversaire, lui, ne l'est pas. C'est avec un sourire visiblement forcé qu'il l'aborde, à l'instant même où elle dicte l'adresse où doit être livré le fauteuil : Résidence des Orangers, 16, boulevard des Orangers, au deuxième étage.

— Excusez-moi de vous importuner, madame, commence-t-il, mais je tenais énormément à avoir le fauteuil que vous venez d'acquérir. Ce meuble a une grosse importance pour moi. Puis-je vous demander la faveur de vous le racheter… bien au-dessus de son prix ?

L'homme est fort bien habillé. Il s'exprime avec correction. Néanmoins, ses paroles semblent contenir une vague menace. Il paraît sûr de son fait. Cette attitude déplaît à Mme Dorsel.

— Je regrette, monsieur, rétorque-t-elle avec froideur, mais moi aussi je tiens à ce fauteuil.

L'homme tente de discuter. Elle coupe court à l'entretien : les gens, autour d'eux, réclament le silence pour pouvoir suivre le déroulement de la vente aux enchères. Furieux, Tête-de-Grenouille gagne la sortie à grands pas.

— Encore heureux qu'il ne m'ait pas remarqué ! murmure Mick. Après lui avoir fait rater son coup – bien involontairement, je t'assure, François –, j'ai plongé sous son coude pour me glisser près de vous. Il n'a pratiquement pas eu le temps de me voir. C'est une chance !

Mme Dorsel et les enfants s'amusent encore un moment à suivre la vente. La maman de Claude se laisse à nouveau tenter par un meuble qu'elle n'a pas remarqué la veille, bien qu'il fasse lui aussi partie de la succession Langlois. C'est un très joli petit secrétaire, genre « bonheur-du-jour », qu'elle obtient à un prix assez bas et qu'on promet de lui livrer le lendemain, en même temps que le fauteuil. Elle se propose de faire transporter par la suite les deux meubles chez elle, à Kernach.

Dago, cependant, commence à en avoir assez de piétiner parmi la foule. Aussi Mme Dorsel et les enfants quittent-ils la salle des ventes pour une promenade dans un square voisin… Tante Cécile est toute contente à la pensée des jolis meubles qu'elle vient d'acquérir. Il lui tarde d'être au lendemain pour les regarder à l'air. François, Mick et Annie sont heureux de sa joie. Mais une pensée tracasse Claude.

« Pourquoi, se demande-t-elle, Tête-de-Grenouille était-il si désireux de racheter le fauteuil, même au-dessus de sa valeur ?... C'est bizarre ! »

Le lendemain, le fauteuil crapaud et le petit secrétaire sont livrés en fin de matinée. Pendant que Mme Dorsel donne un pourboire aux camionneurs et les raccompagne à la porte, Claude et ses cousins transportent les meubles sur le balcon, pour les admirer au grand jour avant de les brosser et de les astiquer.

Mme Dorsel a à peine refermé la porte sur les livreurs que la sonnette de l'entrée retentit de nouveau. Surprise, car elle n'attend plus personne, la maman de Claude ouvre…

chapitre 3

Le testament secret

Sur le paillasson se tient l'inconnu qui, la veille, lui a si âprement disputé le fauteuil crapaud. Il s'incline presque servilement devant elle et, avec courtoisie, prévient ses protestations :

— Je vous en prie, madame, ne m'éconduisez pas avant de m'avoir entendu... Une raison importante m'oblige à vous déranger. J'en suis le premier navré, croyez-le...

Indécise, Mme Dorsel lui permet d'entrer dans le vestibule puis, debout devant lui, attend qu'il s'explique. Il commence par se présenter.

— Je m'appelle Ernest Pradier et tiens une boutique de bimbeloterie et de souvenirs, avenue des Mimosas. Le fauteuil crapaud que vous avez acheté hier est une pièce que je désire depuis longtemps... Il appartenait à l'une de mes vieilles amies. Je l'ai maintes fois admiré dans son salon. Cette personne est morte et, en souvenir d'elle, j'ai décidé d'acquérir ce fauteuil où je l'ai vue si souvent assise.

L'histoire pourrait paraître plausible si le visiteur n'avait des manières aussi obséquieuses et si sa voix ne sonnait aussi faux.

— Je regrette, répond Mme Dorsel plutôt froidement, mais ce fauteuil me plaît beaucoup. Vous auriez pu choisir un autre souvenir que ce meuble.

— Malheureusement, il se trouve que je tiens particulièrement à ce siège... Voyons, acceptez au moins que je vous fasse une offre avantageuse... Disons mille euros tout rond !

L'insistance de M. Pradier irrite Mme Dorsel à qui, par ailleurs, le personnage déplaît franchement. Elle le prie de ne pas insister.

— Je n'en fais pas une question d'argent, dit-elle en conclusion. Je garde mon fauteuil. N'y revenons plus, voulez-vous.

Claude, qui s'apprêtait à traverser le hall pour aller chercher une brosse dans la chambre de sa mère, s'est arrêtée derrière la porte du salon et entend, sans être vue, le bref dialogue. Ses cousins la rejoignent en silence.

Par la porte entrebâillée, ils voient Mme Dorsel

reconduire son indésirable visiteur. À peine la porte s'est-elle refermée sur lui que Claude bondit dans le vestibule.

— Eh bien ! lance-t-elle à sa mère. Ce monsieur ne manque pas de toupet ! Te relancer jusqu'ici pour tenter de racheter le fauteuil !

— Il a dû entendre l'adresse que j'ai donnée hier à la salle des ventes, réplique Mme Dorsel, contrariée.

— Et guetter l'arrivée des livreurs ! ajoute Mick.

— Il a l'air de beaucoup tenir à ce fauteuil ! fait remarquer François. Ce petit crapaud est si joli !

Claude fronce les sourcils.

— Je ne pense pas que la beauté du fauteuil soit l'unique motif de sa démarche. Il doit y avoir autre chose... Après tout, ce siège n'est pas d'une rareté exceptionnelle. Et le bonhomme mentait certainement en prétendant qu'il y attachait une valeur sentimentale. Comme le lui a fait remarquer maman, il pouvait choisir un autre souvenir.

— Ha ! ha ! s'écrie Mick en riant. Voilà notre limier qui flaire du louche !

— Parfaitement ! déclare Claude. Cet individu ne me dit rien qui vaille. Et si je n'avais pas flairé du louche dans d'autres circonstances passées, nous n'aurions pas vécu les aventures qui ont valu leur célébrité aux Cinq !

— Toujours modeste, avec ça, la cousinette! chantonne Mick.

Claude, qui n'est pas patiente, s'élance sur le taquin pour le faire taire d'une tape. Dag bondit autour d'eux en aboyant. François s'interpose.

— Cessez de vous chamailler tous les deux! Occupons-nous plutôt des meubles... Ah! Voici tante Cécile!

Mme Dorsel, qui s'est éloignée un instant, revient avec une brosse et un petit aspirateur.

— Au travail, mes enfants! Je vous confie mes précieuses acquisitions. Pendant ce temps, je préparerai le repas.

Les Cinq passent sur le balcon et, pendant quelques minutes, s'activent à épousseter le fauteuil et le secrétaire. François et Mick se sont emparés du bonheur-du-jour et, après quelques rapides coups de chiffon, entreprennent de l'encaustiquer. Ce n'est pas une petite affaire.

De son côté, Annie, avec des gestes de parfaite ménagère, brosse en douceur le revêtement fané du fauteuil crapaud. Claude, assez maladroite pour tout ce qui concerne les travaux délicats, se contente de regarder opérer sa cousine. Dag, près d'elle, se chauffe au soleil, savourant béatement la présence de sa jeune maîtresse.

— Ce siège n'est pas très poussiéreux, explique Annie entre deux légers coups de brosse.

— Sa propriétaire devait l'utiliser quotidiennement, répond Claude, et sans doute en prenait-elle grand soin.

— Le plus dur, continue Annie, est de nettoyer l'endroit où le siège rejoint le dossier et le bas des accoudoirs… C'est là que la poussière s'accumule, en général.

Tout en parlant, la petite fille a introduit sa main menue dans l'espace au bas du dossier. Soudain, elle pousse un hurlement.

— Oh ! Je sens quelque chose… Un objet a dû glisser là… Mais non… c'est trop gros… on a dû l'y mettre exprès !

Claude se penche en avant.

— Un objet ?... Quoi donc ?... Dépêche-toi de l'attraper !

Annie tâtonne un instant encore puis, non sans difficulté, extirpe quelque chose du renfoncement… C'est une boîte ovale, très plate, couleur bleu ciel.

— On dirait un écrin à bijoux ! murmure Claude. Voyons ! Passe-le-moi…

François et Mick, abandonnant le secrétaire, se sont approchés.

— Claude ! Ouvre vite ! prie Mick.

Claude soulève le couvercle de l'écrin. Aussitôt, les quatre cousins s'exclament.

— Des perles ! s'écrie Annie.

— Un collier magnifique ! murmure François.

— J'espère qu'elles sont vraies ! dit Mick.

— Ça m'en a tout l'air ! opine Claude. Courons les montrer à maman !

Les enfants ne font qu'un bond jusqu'à la cuisine, Dag sur leurs talons.

— Maman ! Maman ! appelle Claude. Regarde ce que nous avons trouvé dans le vieux fauteuil. Qu'en penses-tu ?

Surprise, Mme Dorsel tourne et retourne entre ses doigts les deux rangs de perles, d'un blanc rosé exceptionnel, qui composent le collier.

— Ces perles me paraissent avoir un orient remarquable, déclare-t-elle enfin. Mais je ne m'y connais pas assez pour en être certaine. Nous allons mettre ce collier de côté pour l'instant. Nous aviserons plus tard.

— Si les perles sont véritables, demande Claude, elles doivent avoir une grosse valeur, n'est-ce pas ?

— Énorme, à coup sûr.

— Et elles t'appartiennent ?

— Oui… je le suppose… puisque j'ai acheté le fauteuil et que Germaine Langlois est morte sans testament.

— Je suis bien contente pour toi, tante Cécile ! dit Annie.

Mais Claude a en tête autre chose que la fortune qui risque d'échoir à sa mère.

— Savez-vous à quoi je pense ? reprend-elle avec sa fougue habituelle. Eh bien, je vous parie Dago contre un régime de bananes que cet individu… Ernest Pradier… savait que le fauteuil contenait ces perles roses ! Et c'est pour se les approprier qu'il tenait tellement à le racheter !

Cette fois, Mick ne songe pas à taquiner sa cousine. Claude est le chef des Cinq et le « cerveau » de la bande. D'instinct, ses cousins sentent qu'elle peut bien avoir deviné juste. Sa mère n'est pas loin de penser comme elle.

— Tu as peut-être raison, Claude, réagit-elle. Mais nous ne pouvons en faire la preuve.

— Cet homme n'a pas l'air honnête ! fait observer Mick.

— Il ne faut pas juger les gens sur l'apparence. De toute façon, j'ai refusé de l'écouter et j'ai bien fait. Oublions-le, rangeons ces perles et… Ah ! Mon repas est en train de brûler !

Tandis que la jeune femme se précipite sur son fourneau, les enfants retournent sur le balcon.

Ils se remettent au travail, mais le cœur n'y est plus. L'histoire des perles roses occupe leur esprit.

— Quelle idée de les avoir cachées dans le crapaud ! lance François tout en astiquant le bonheur-du-jour.

— Drôle de cachette, en effet ! approuve Mick.

Claude, pratique, est en train d'explorer en détail le vieux fauteuil avec l'espoir qu'il contienne d'autres trésors. Mais elle ne trouve rien… En revanche, Mick fait une découverte… Le jeune garçon s'est donné pour tâche de faire briller les petits boutons de cuivre vissés au centre des tiroirs du secrétaire. Tout à coup, il interrompt sa besogne pour murmurer, d'un air intrigué.

— Tiens ! Il y a là un bouton minuscule, tout noir, presque invisible, qui semble ne correspondre à rien.

Machinalement, il appuie dessus. Il entend alors un léger déclic. Puis, sous ses yeux étonnés, une tablette se rabat, démasquant une cavité horizontale formant tiroir secret.

— Une cachette ! s'exclame Mick, transporté de joie. Chouette ! Elle contient peut-être un portefeuille bourré de fric !

Déjà, Claude et Annie se précipitent.

— Quoi ? Qu'y a-t-il ? Qu'as-tu trouvé ? s'écrie Claude.

Sans répondre, Mick explore la cachette du bout des doigts. Hélas ! Il ne retire du tiroir secret ni portefeuille bien garni, ni bijou : seulement une mince enveloppe d'un blanc jaunâtre, d'aspect très ordinaire, même pas fermée.

Dans son impatience, Claude n'a pas l'idée de porter l'enveloppe à sa mère. Elle l'arrache des mains de Mick et, fébrilement, l'ouvre…

Elle en tire un feuillet de papier couvert d'une écriture fine et lit à haute voix :

— Par ce présent papier écrit de ma main, moi, Germaine Langlois, domiciliée 28, avenue des Amandiers, je lègue à mon amie Élise Cassain, en souvenir de moi, le collier que j'ai hérité de tante Flora et qui se compose de deux rangs de perles roses véritables, quatre-vingt-dix-huit au total…

— Quatre-vingt-dix-huit ! s'écrie François. C'est le nombre de perles du collier trouvé par Annie. Je les ai comptées !

— Deux rangs de perles roses ! Il s'agit évidemment du même collier ! ajoute Mick.

— Ce papier est daté d'il y a vingt ans, déclare Claude après un bref coup d'œil sur la feuille. Et Germaine Langlois est morte tout récemment.

— C'est donc une certaine Élise Cassain qui doit hériter des perles ! résume François. Mais où la trouver ?

— Vous êtes sûrs que cette espèce de testament concerne bien les perles roses que j'ai dénichées dans le fauteuil crapaud ? demande Annie.

— Évidemment! répond Claude. Tu sais bien que le fauteuil et le secrétaire proviennent tous deux de la succession Langlois. Cette personne… Germaine Langlois… est morte sans testament, a-t-on dit. C'est peut-être vrai en ce qui concerne l'ensemble de ses biens. Mais elle a pensé à faire un legs particulier à son amie Élise Cassain, d'où ce papier jauni par le temps.

— Bon! fait Mick. Montrons cette feuille à tante Cécile!

Mme Dorsel ouvre de grands yeux à la lecture du mini-testament.

— Je ne m'étais donc pas trompée en pensant que ce collier se composait de perles authentiques. Sa valeur doit être grande.

Comme Mme Dorsel n'est pas d'un naturel intéressé, elle n'éprouve aucune déception en apprenant que les perles ne seront pas pour elle. Elle réfléchit très vite.

— Cet après-midi, décide-t-elle, j'irai voir un notaire. Je lui montrerai ce papier et lui confierai le collier. Je le chargerai de retrouver la légataire des perles. Cette Élise Cassain vous bénira de lui avoir procuré une véritable petite fortune.

— Oh, maman! s'écrie Claude impulsivement. Pourquoi s'adresser à un notaire? Nous pourrions très bien retrouver nous-mêmes cette personne. Cela donnerait un but à nos sorties. Et tu sais que nous adorons enquêter.

Mme Dorsel sourit. Tout bien considéré, l'intermédiaire d'un notaire est effectivement inutile. Elle sait par ailleurs combien les Cinq aiment débrouiller les mystères qui s'offrent à eux. La double découverte qu'ils viennent de faire mérite bien une récompense.

— Oh, oui, tante Cécile ! réagit Mick à son tour. Permets-nous de retrouver nous-mêmes cette Élise Cassain.

— Nous en serions tellement heureux ! assure Annie de son côté.

— C'est vrai, ajoute François de sa voix grave. Et puis, si nous ne réussissons pas, il sera toujours temps d'avoir recours à un notaire ou à la police. Après tout, ce ne sera qu'un retard de quelques jours.

— Et nous nous serons bien amusés ! achève Claude dont les yeux brillent de joie anticipée.

— Très bien ! accepte alors sa mère. Puisque cela vous fait tant plaisir, c'est entendu ! J'espère seulement que vous aboutirez très vite. Je ne tiens pas à garder longtemps ce bijou ici… C'est une grosse responsabilité.

— Hourra ! s'exclame Claude. Voilà du travail pour les Cinq ! Trois fois hourra !

Le déjeuner, ce jour-là, est rapidement expédié. Les enfants essuient la vaisselle, puis Claude invite ses cousins à tenir conseil. Dag, bien entendu, assiste à l'entretien.

— Tout d'abord, dit Claude, je crois que le moyen le plus simple pour retrouver cette dame ou demoiselle Cassain est de regarder si son nom ne figure pas dans l'annuaire.

— Très juste ! approuve François en se précipitant sur le gros livre. Voyons un peu…

Il feuillette vivement l'annuaire. Penchés sur lui, Claude, Mick et Annie suivent des yeux le doigt de François qui court le long de la colonne des « C ».

— Cabrial… Cabrier… Cadoin… Cageol… Cartric… Casier… Cassan… Flûte ! Pas de Cassain !

— Regarde mieux ! conseille Mick.

— Tu as des yeux comme moi. Pas un seul Cassain !

— Élise Cassain est peut-être sur liste rouge ?

— Ou bien elle a quitté la ville… si elle y a jamais habité !

— Ou bien elle s'est mariée et porte le nom de son mari.

— Ou elle est morte comme Germaine Langlois.

— C'est fort possible.

— Comment savoir ?

— Ouah !

Les réflexions se croisent, ponctuées de brefs aboiements émis par Dag qui entend bien participer à cet échange de vues. La déception marque les jeunes visages.

— Germaine Langlois aurait tout de même pu mentionner l'adresse de son amie ! soupire Annie.

Mick se frappe brusquement le front.

— J'ai une idée ! s'exclame-t-il. Rendons-nous au domicile de feu Germaine Langlois puisque celui-ci, du moins, nous est connu !

Annie ouvre de grands yeux.

— À quoi cela nous servira-t-il ? demande-t-elle.

— Eh bien, sur place, nous pourrons rencontrer quelqu'un qui a bien connu Germaine Langlois. Cette personne pourra nous renseigner sur ses amis, son entourage… et nous aiguiller sur Élise Cassain.

— Fort bien raisonné, concède François. Qu'en penses-tu, Claude ?

Claude ne dit rien mais réfléchit, sourcils froncés. Elle hoche la tête.

— Oui, oui, l'idée est bonne. Ce qui me tracasse, c'est… comment nous déplacer en ville ?…

— Mais..., réplique Mick, étonné. Par le bus, bien entendu! Non! Par le métro... puisqu'il y en a un. Profitons-en. Il faut aller vite. Finies les lentes balades à pied!

— Justement! soupire Claude. Si nous devons prendre le métro, nous serons obligés de circuler en trimbalant Dag dans un cabas. Pas question de le laisser à la maison.

Ses cousins se rembrunissent.

— C'est vrai que l'accès des couloirs et des quais est interdit aux quadrupèdes. Et Dag pèse son poids, l'animal!

Un silence tombe. Soudain, le visage de Claude s'éclaire.

— Je crois avoir trouvé un moyen! Nous fourrerons Dag dans un sac, d'accord! Mais nous ne le porterons pas.

— Comment ça?

— Vous verrez. Je me débrouillerai. Donnez-moi quelques minutes et nous commencerons notre enquête.

Suivie de Dag, elle disparaît, laissant ses cousins intrigués. Ils la voient reparaître un instant plus tard, triomphante, un grand cabas à la main, Dag toujours sur ses talons.

— En route! lance-t-elle. Droit à l'adresse de cette brave Germaine!

chapitre 4

À la recherche de Mme Cassain

Les Cinq marchent d'un bon pas jusqu'à la station de métro toute proche. L'avenue des Amandiers, où a vécu la propriétaire du collier de perles roses, se trouve à l'autre extrémité de la ville.

— Il faudra prendre la correspondance à mi-parcours, annonce François... et transbahuter Dago tout le long d'un couloir qui n'en finit pas !

— Ne te tracasse donc pas ! dit Claude avec un sourire. Je vous ai dit que j'avais trouvé le moyen de ne pas traîner de poids...

Cependant, au moment de passer le portillon, Claude ouvre son cabas où Dago entre sans protester. Derrière son guichet, la préposée à

la vente des billets surveille la scène d'un œil morne. Claude et Mick prennent chacun le cabas par une anse. Ils tournent rapidement dans l'escalier de gauche, hors de vue de l'employée qui, du reste, ne pense même plus à eux. Claude ordonne au chien :

— Marche, mon vieux !

Mick s'aperçoit alors avec stupeur que Dag, effectivement, marche bel et bien. Le chien a déplié ses pattes qui, passant à travers quatre gros trous découpés au fond du sac par l'astucieuse Claude, lui permettent à présent de se déplacer sans être trop gêné. François et Annie s'esclaffent.

— Ne lâchons pas les anses ! recommande Claude à son cousin. Si nous croisons un contrôleur, je dirai « Terre ! » et Dag obéira à l'ordre, comme d'habitude en s'accroupissant. On ne verra plus ses pattes.

Mick part à son tour d'un grand éclat de rire. Il n'y a que Claude pour avoir des idées pareilles : des idées extravagantes, un peu folles même, qui semblent irréalisables mais qui, en fin de compte, se révèlent généralement très praticables...

Les Cinq atteignent le quai sans encombre. Une fois là, sur l'ordre de sa petite maîtresse, Dag replie ses pattes et se tient strictement immobile dans le sac posé à terre... Mais des usagers l'ont vu arriver dans son singulier appareil et de larges sourires s'épanouissent sur les visages.

Lorsqu'une rame s'arrête devant les Cinq, Claude et Mick hissent dans le wagon le chien toujours docilement tassé dans son cabas. Les quatre cousins prennent place sur deux banquettes se faisant vis-à-vis. Le cabas est déposé dans l'allée centrale, tout près des jambes de Claude.

— Est-il sage, notre Dag ! dit Annie en souriant.

— Je pense bien ! renchérit François. Il ne bouge pas plus qu'un chien de plomb.

— On dirait qu'il comprend tout à fait ce qu'on attend de lui ! ajoute Mick.

Claude rayonne, fière des éloges décernés à son favori.

— Il m'obéit au doigt et à l'œil, explique-t-elle. Pour rien au monde il ne bougerait sans ma permission. Ce truc du cabas… ce n'est certainement pas lui qui vendrait la mèche. Il est futé comme pas un !

Obéissant, futé, Dago l'est à coup sûr. Et il est également vrai que son intelligence dépasse la normale. Mais, en dépit de ses qualités extraordinaires, il n'en reste pas moins un chien… ennemi héréditaire des chats !

Or, à la seconde précise où Claude vante ses incomparables facultés, Dag flaire du louche dans le compartiment : tout à l'autre bout, une dame vient de poser à terre un panier suspect… un panier qui remue faiblement et d'où s'échappe une odeur de… matou !

— Ouah ! lance Dagobert avec force.

Et, oubliant Claude et ses recommandations, il se met debout et se rue en avant…

Dans le wagon, c'est un beau remue-ménage. À la vue du grand cabas ambulant, d'où émergent quatre pattes poilues et la tête hirsute d'un chien furieux, les voyageurs réagissent suivant leur tempérament. Les uns se reculent craintivement sur leur siège, d'autres protestent, mais la plupart se tordent de rire tant l'aspect de Dago est cocasse.

Dag, lui, ne voit, n'entend personne. En vain Claude le rappelle-t-elle à l'ordre. En vain Mick s'élance-t-il à sa poursuite. Déjà, le chien a bondi sur le panier.

— Ouah ! Ouah ! aboie-t-il encore d'un air triomphant.

Il plaque sa truffe sur l'osier du panier et souffle avec bruit. De l'intérieur, un « Miaou » de protestation s'élève, bientôt suivi d'un crachement de colère.

La maîtresse du chat, très émue mais pleine de courage, attrape Dag par son collier et veut le tirer en arrière... Trop tard! Une patte de velours – mais armée de griffes solides – jaillit par l'entrebâillement du panier et laboure le museau de l'assaillant.

— Ouah!... Ouah! exhale Dago.

Il a vraiment l'air stupéfait.

Dagobert n'est pas méchant. Il sait bien, lui, que son attaque n'est que de la frime. Il veut juste s'amuser un peu. Il ne fait que suivre la règle du jeu : les chiens doivent épouvanter les chats! Mais cet idiot de chat, dans son panier, n'a rien compris.

Piteux, Dago s'immobilise. Les deux anses du cabas pendent lamentablement sur ses flancs, renforçant encore l'effet comique produit par l'animal avec son air déçu et son regard qui implore une explication. Du sang perle au bout de sa truffe.

— Bien fait! dit la maîtresse du chat, satisfaite.

— Pff! Crrr! réplique le félin, également satisfait, du fond de son panier.

Quoique navrée pour son bien-aimé chien, Claude est trop mortifiée par sa conduite pour le plaindre. Elle le saisit par son collier, s'excuse auprès de la dame et, tandis que Mick prend l'une des anses du cabas,

elle empoigne l'autre. Les deux cousins, gravement, regagnent leur place. Sur leur passage, les rires fusent de plus belle. C'est que, dans son désarroi, Claude a oublié de dire « Terre ! » à Dago et celui-ci, non moins troublé, ne songe pas à replier ses pattes. Aussi pend-il dans son cabas, comme dans un hamac, ses pattes ballantes touchant presque le sol.

Quand les Cinq arrivent au terme de leur voyage, Claude est encore rouge de confusion, tandis que ses cousins ont du mal à s'empêcher de rire. Dag, lui, continue à ne rien comprendre à ce qui lui est arrivé...

Une fois dehors, Claude rend sa liberté au chien.

— L'avenue des Amandiers doit être cette large artère, juste devant nous, annonce-t-elle.

Les jeunes détectives remontent l'avenue jusqu'au numéro 28. L'immeuble où a habité Germaine Langlois est une bâtisse ancienne, à l'air imposant, à la façade nouvellement refaite. Une vieille gardienne, au visage ridé comme une pomme, se laisse volontiers questionner par les enfants. On la devine très bavarde.

— Oui, oui, répond-elle à Claude. J'ai bien connu Mlle Langlois. Pauvre chère demoiselle ! Elle vivait seule, très retirée, et ne parlait pas beaucoup. Elle ne recevait guère de visites... sauf celle d'une très vieille amie à elle, Mme Cassain... Je l'ai encore aperçue le jour de l'enterrement...

On sent la gardienne heureuse de papoter. Claude bout d'impatience. Elle interrompt le flot de paroles.

— Savez-vous si cette dame se prénomme Élise ?

— Élise ?... Oui, je crois... Une fois, j'ai entendu...

— Et savez-vous où elle habite ? demande à son tour Mick, aussi impatient que sa cousine.

— Ben... pour sûr ! Un jour, Mlle Langlois m'a envoyée chez elle pour une commission et...

— Vite ! Son adresse ! ordonne Claude.

Son ton impérieux déplaît à la gardienne. Elle paraît se fermer. Annie, pleine de tact, lui fait son plus joli sourire.

— C'est très important pour nous, vous comprenez. Nous devons joindre cette personne pour... pour une communication du plus haut intérêt...

Elle a lu ce cliché dans un livre. La gardienne de l'immeuble semble impressionnée.

— Ah ! bon ! fait-elle. Eh bien, Mme Cassain habite impasse des Colibris, quartier des Oiseaux. Ce n'est pas loin d'ici… Juste à une station de bus…

On peut s'y rendre à pied en quelques minutes. Claude n'a pas envie de risquer un nouvel incident avec Dago. Chemin faisant, les enfants échangent leurs réflexions. Annie se réjouit tout haut :

— Comme Mme Cassain va être heureuse d'apprendre que son amie a pensé à lui léguer quelque chose !

— Surtout quand elle saura qu'il s'agit du collier de perles roses ! souligne Mick.

— Nous sommes arrivés ! annonce François.

Claude frappe au carreau de la loge de la gardienne. Une jeune femme, tenant un bébé dans ses bras, ouvre la porte.

— Vous désirez ? demande-t-elle aimablement.

Claude expose le motif de leur visite. La femme secoue la tête. Elle soupire d'un air triste.

— Je regrette, dit-elle. Vous arrivez trop tard. Mme Cassain est décédée la semaine dernière. Elle a pris froid à l'enterrement de Mlle Langlois, une vieille amie à elle. Une congestion pulmonaire l'a emportée en quarante-huit heures.

Les enfants échangent des regards consternés. La piste tourne court, et pour cause ! La légataire des perles roses est morte, comme la testatrice…

Claude se ressaisit la première.

— Mme Cassain a peut-être de la famille, suggère-t-elle… Un mari… Des enfants… ?

— Oh ! Elle était veuve depuis longtemps, à ce qu'il paraît. Mais je crois qu'elle avait une fille.

— Savez-vous où elle habite ? interroge François.

— Non. Je ne suis ici que depuis deux mois et bien incapable de vous renseigner. Mais, dans l'immeuble, il y a certainement des gens qui en savent plus long que moi. La vieille dame était sociable. Elle s'entendait bien avec ses voisins. Peut-être l'un deux vous apprendra-t-il quelque chose.

Les jeunes détectives décident de faire du porte-à-porte à chaque étage. C'est la meilleure façon de procéder… Malheureusement, la plupart des locataires ne sont pas chez eux. Mais, sur le même palier que feu Élise Cassain, une vieille demoiselle leur fournit des indications… Après avoir fait entrer les Cinq, elle écoute avec attention l'exposé de Claude et déclare finalement :

— Oui, Élise avait une fille : Denise. Celle-ci s'est mariée très jeune, il y a de cela bien longtemps déjà. À l'époque, j'ai reçu un faire-part… avec sa nouvelle adresse car elle reprenait l'appartement de ses beaux-parents.

Elle se lève pour trottiner jusqu'à un placard.

— Je n'ai jamais eu l'occasion d'aller chez elle. Je la voyais quand elle rendait visite à ses parents. Pourtant, je crois avoir noté cette adresse sur l'un de mes carnets.

Elle ouvre le placard et fouille longuement dans ce qui semble être des archives. Enfin, elle pousse un cri de joie.

— Ah ! J'ai trouvé… Denise avait épousé un certain Lucien Landreux… 7, avenue du Parc… Mais habitent-ils toujours là-bas ? Il y a si longtemps… Et Denise n'est pas revenue ici depuis une éternité. Elle était en froid avec sa mère. Une histoire lamentable, comme cela arrive souvent dans les familles.

Claude s'empresse de noter l'adresse de Denise Landreux. Après avoir remercié son informatrice, elle prend congé d'elle et dégringole lestement l'escalier, suivie de ses cousins et de Dago.

— Ouf ! s'écrie-t-elle en se retrouvant dans la rue. À défaut de la mère, c'est la fille qui va hériter des perles roses. Où se trouve l'avenue du Parc, François ?

François, que l'on prend rarement au dépourvu, tire de sa poche un plan de la ville et le consulte rapidement.

— Flûte ! lance-t-il. C'est du côté du Jardin des plantes… Il faut prendre un bus !

À ce mot de « bus », Claude et Dagobert jettent en même temps un coup d'œil à l'immense cabas que porte Mick.

— Allez ! dit celui-ci en riant. Pas d'histoire ! Saute là-dedans, mon vieux Dag, et ne t'avise pas ce coup-ci de sortir les pattes ! Après tout, le trajet est direct. Nous n'aurons que la peine de te hisser et de te descendre. Personne n'en mourra !

Vingt minutes plus tard, le bus dépose les Cinq devant l'immeuble où – les enfants l'espèrent – habitent peut-être encore les Landreux.

chapitre 5

Un mystérieux cambrioleur

Dago, heureux de se dégourdir les pattes, saute joyeusement autour de Claude.

— Paix, Dag ! Ne fais pas le fou ! Nous sommes en mission !

Dag se calme. Les Cinq s'approchent de la loge de la gardienne pour se renseigner. Un homme, qui balaie le hall d'entrée, leur barre le passage.

— Que voulez-vous, les gosses ? demande-t-il d'un air bourru.

— Demander un renseignement à la gardienne, répond poliment François.

— La gardienne, c'est moi ! fait l'homme, avec un gros rire.

— Alors, monsieur, peut-être pourrez-vous nous dire si Mme Denise Landreux habite bien toujours ici ?

— Les Landreux ? Pfuitt ! Il y a belle lurette qu'ils se sont cassé le cou en voiture ! Pas étonnant ! Leur gendre conduisait comme un fou ! Les jeunes n'ont plus de bon sens, de nos jours. Pour eux, piloter, c'est appuyer sur le champignon... Voyez où ça les mène ! Moi, si j'avais une voiture...

Tandis que le grincheux bonhomme continue à fulminer contre les conducteurs imprudents, Claude et ses cousins gardent le silence. Tous se disent que leur enquête risque de ne jamais aboutir. L'histoire devient lugubre. À chaque fois que les jeunes détectives croient toucher au but, ils se heurtent à une porte close : la personne qui devait hériter des merveilleuses perles roses n'est plus de ce monde.

Claude, toutefois, a noté au passage que les Landreux ont un gendre. Pour avoir un gendre, il faut avoir une fille. Donc, les Landreux ont une fille ! Mais celle-ci se trouve-t-elle avec eux dans la voiture accidentée ? Est-elle morte avec ses parents ou vit-elle encore ? Autant de points d'interrogation.

Claude coupe court au verbiage du gardien.

— La fille de M. et Mme Landreux habitait-elle avec eux ? Sinon, pouvez-vous nous donner son adresse… et le nom de son mari ?

— Et puis quoi encore ? Vous me prenez pour un bureau de renseignements ! rétorque le portier, furieux qu'on ait interrompu sa tirade. Allez, oust ! Débarrassez-moi le plancher ! Vous ne voyez pas que ce sale chien salit mon carrelage avec ses pattes ?

Claude va riposter avec son impétuosité habituelle. François, plus diplomate, s'interpose.

— Puisque vous ne pouvez pas nous renseigner, enchaîne-t-il posément, nous allons questionner les voisins des Landreux. Peut-être pourront-ils nous apprendre quelque chose.

— Vous croyez que je vous permettrai de monter ? explose le gardien. Je viens de faire l'escalier.

— Nous nous essuierons bien les pieds, monsieur, promet Annie avec un timide sourire.

Mick assure de son côté :

— Et nous porterons le chien.

— Pas question ! Filez en vitesse, vous et votre cabot ! Je n'ai pas de temps à perdre !

— Les gardiennes et gardiens se suivent et ne se ressemblent pas ! murmure Claude, en sourdine.

Le désagréable portier l'entend et, furieux, fait mine de lever son balai pour chasser les enfants. Las ! Il a compté sans Dago. L'animal, persuadé qu'il veut du mal à Claude, bondit en avant, babines retroussées, crocs luisants, avec un aboiement terrible.

De surprise autant que de peur, le gardien lâche son arme improvisée. Claude n'a que le temps de retenir le chien par son collier. Triomphante, elle s'adresse au méchant homme :

— Vous n'avez pas le droit de nous empêcher de passer ! Encore moins de nous menacer ! Nous ne faisons rien de mal en cherchant à nous renseigner sur des gens que nous essayons de joindre.

Le visage du gardien, déjà rubicond, se congestionne jusqu'à devenir d'un beau violet aubergine.

— Je... je... Vous... vous..., bégaie-t-il, à la fois effrayé et furieux.

— Si vous insistez, indique Mick, ma cousine sera obligée de lâcher son chien sur vous !

— Et nous témoignerons tous que vous l'avez attaquée ! ajoute François à qui l'attitude agressive du portier fait perdre, pour une fois, son calme proverbial.

À pas prudents, l'homme bat en retraite vers sa loge dont il referme vivement la porte sur lui.

Claude se met à rire.

— Bah ! fait-elle. Le voilà en sûreté, loin des crocs de Dago. Bravo, mon chien ! Bien travaillé ! Grâce à toi, notre enquête peut se poursuivre.

— Montons vite ! conseille Mick.

Tous s'engouffrent dans l'escalier. Au premier étage, François sonne à la porte de droite. Une jeune femme lui ouvre.

— Bonjour, madame, dit-il aimablement. Nous nous excusons de vous déranger, mais nous sommes à la recherche de la fille de M. et Mme Landreux qui habitaient ici autrefois. Connaîtriez-vous par hasard son adresse ?

— Landreux, dites-vous ? Je ne connais personne de ce nom dans l'immeuble... Il est vrai que je n'ai emménagé que depuis peu... Écoutez ! Montez donc au quatrième ! Il y a là un vieux monsieur, un professeur de musique, qui habite dans la maison depuis plus de trente ans. Lui pourra sans doute vous renseigner.

— Merci beaucoup, madame !

Les Cinq se hâtent de monter à l'étage indiqué. Sur la porte de gauche, une plaque de cuivre annonce :

Marc SÉRIGNAC
Professeur de Musique

Sans hésiter, Claude appuie sur le bouton de la sonnette. Presque aussitôt la porte est ouverte par un vieillard de haute taille, légèrement voûté, dont le visage ouvert et le bon sourire attirent irrésistiblement la sympathie. Son épaisse chevelure blanche lui fait une manière d'auréole.

— Bonjour, jeunes gens! les accueille-t-il avec gentillesse. Que puis-je pour vous? Désirez-vous des leçons de piano?

Spontanément, Claude lui rend son sourire.

— Non, monsieur, répond-elle. Pouvons-nous vous parler un instant en particulier?

— Volontiers, mon jeune ami, acquiesce Marc Sérignac en prenant Claude pour un garçon. Entrez donc tous les quatre… pardon! tous les cinq, plutôt! achève-t-il en apercevant Dago qui, sur un geste de Claude, s'essuie très consciencieusement les pattes sur le paillasson. Est-il amusant, ce chien! Il est à vous, jeune homme?

Claude, toute contente de la méprise – une méprise qui se produit souvent ! – sourit d'un air amusé.

— Je ne suis pas un garçon, monsieur, explique-t-elle à regret. Oui, ce chien m'appartient. Il est aussi intelligent que drôle. N'est-ce pas, Dag ? En ce moment il nous aide à mener une enquête policière ! achève-t-elle avec gravité.

Dag tend spontanément sa patte à Marc Sérignac qui la lui serre en riant. Claude expose alors le motif de leur visite… Le professeur de musique fronce les sourcils.

— Je comprends ! acquiesce-t-il enfin. Hélas ! le gardien vous a bien renseignés. Mes voisins Landreux sont morts, ainsi que leur gendre, dans un accident de voiture. J'entretenais avec eux d'agréables relations. Mais c'est leur fille, Arlette, que vous cherchez à joindre ?... Eh bien, Arlette est toujours de ce monde, fort heureusement ! Je la connais depuis sa naissance. Quand elle était petite, je lui donnais des leçons de piano. Elle a pris goût à la musique et aujourd'hui, à vingt-sept ans, elle est professeur de piano à son tour. Elle doit en effet gagner sa vie et celle de sa petite fille, Mona.

— Comment s'appelle-t-elle ? demande Claude.

— Et où habite-t-elle ? ajoute Mick.

— Arlette est devenue Mme Trébor. Elle vit actuellement dans un petit deux-pièces, pas très loin d'ici, rue de Santiago.

Les jeunes détectives se regardent d'un air triomphant. Ils ont enfin l'impression de toucher au but.

— Nous recherchons Arlette Trébor, précise François, pour lui annoncer qu'elle a hérité d'un objet de grande valeur.

Discret, Marc Sérignac ne pose pas de questions.

— Je m'en réjouis pour elle, déclare-t-il simplement, car Arlette est une jeune femme aussi méritante que peu fortunée.

— Pouvez-vous nous indiquer où se trouve la rue de Santiago ? demande Mick, toujours pratique.

Au même instant, un garçon d'environ dix-huit ans fait une entrée bruyante. Dag aboie.

— Ne dévore pas Thierry ! dit Marc Sérignac au chien. C'est mon petit-fils, tu sais !

Après des présentations vite faites, Thierry offre d'accompagner la petite troupe rue de Santiago.

— C'est à deux pas ! Cela vous évitera de chercher et vous économisera du temps. À notre époque de vitesse, faut se grouiller !

Les Cinq prennent congé de Marc Sérignac et suivent Thierry. Celui-ci est sympathique... et bavard.

— Je vous connais de réputation, confie-t-il aux Cinq. On a parlé de vous à plusieurs reprises dans les journaux. C'est vous qui avez fait « pincer » le fameux Masque noir, n'est-ce pas ? Et qui avez récupéré l'or d'un galion perdu[1] ?

— Exact ! confirme Mick en riant. Tu as une fière mémoire.

— Et vous Cinq, une fière réputation !... Dites donc ! Si vous avez besoin d'un coup de main pendant votre séjour ici, je suis à votre disposition. Mon paternel me permet à l'occasion de prendre sa voiture. Ça peut vous dépanner ! Voici mon numéro de téléphone...

François range avec soin le bout de papier dans son portefeuille.

Claude et ses cousins remercient leur nouvel ami qui les quitte devant le domicile d'Arlette Trébor. Il s'agit d'un modeste immeuble, sans gardien. Sur la boîte aux lettres, Annie repère l'étage ; au second ! Tous grimpent. François appuie sur le bouton de sonnette... Personne

---

1. Voir *Les Cinq contre le Masque Noir* et *Les Cinq et Le Galion d'or* dans la même collection.

ne répond. Il attend quelques secondes, puis recommence, sans plus de succès. Il faut se rendre à l'évidence : Mme Trébor est absente !

— Tant pis ! regrette Mick. Nous reviendrons plus tard !

Soulagés tout de même du résultat obtenu, les Cinq rentrent au logis où Mme Dorsel apprend avec satisfaction le résultat de leur enquête.

Les enfants, que leurs démarches ont fatigués plus qu'ils ne veulent l'avouer, se couchent tôt ce jour-là.

Claude s'endort le cœur content, en s'imaginant à l'avance la joie d'Arlette Trébor, unique héritière du fabuleux collier de perles roses... Dans la nuit, elle fait un rêve... Les perles roses sont disposées en rond sur le velours fané du fauteuil crapaud. Soudain, un homme s'approche : celui que les enfants ont baptisé Tête-de-Grenouille, Pradier, le marchand de souvenirs. En ricanant, il tend la main pour s'emparer des perles roses... Claude ouvre la bouche pour crier. Un sourd grognement s'échappe de ses lèvres...

Claude s'éveille. Le grognement se répète. Ce n'est pas elle qui le pousse... mais Dag ! Tout contre la porte de la chambre des filles, la truffe au ras du sol, le chien est en alerte. Claude saute sur la moquette.

— Chut ! ordonne-t-elle à voix basse tout en glissant vivement ses pieds dans des mules. Laisse-moi écouter !

Elle court coller son oreille au battant, cherchant à surprendre le bruit qui a alerté Dago. Un craquement, venu du salon, lui parvient...

En silence, Claude va secouer sa cousine.

— Annie ! Debout ! Dago est sur le pied de guerre ! Je suis sûre qu'un cambrioleur s'est introduit dans l'appartement. Suis-moi sans faire de bruit. Nous allons nous rendre compte...

— Il faut prévenir oncle Henri et les garçons ! murmure Annie.

— C'est ça ! Pour donner l'éveil au voleur et lui laisser le temps de s'échapper ! Allons, vite ! Lève-toi !

Annie ne proteste plus et obéit. Claude a déjà entrouvert la porte. Sa cousine sur les talons, elle passe dans le couloir. Le salon se trouve juste de l'autre côté. Une très faible lueur filtre par l'entrebâillement de la porte. Dag ne peut se retenir. Avec un aboiement furieux, il s'élance contre le battant qui cède sous ses pattes. Claude, insoucieuse du danger, se rue à sa suite. Annie se met à crier :

— Oncle Henri ! François ! Mick ! Venez vite !

Tandis qu'un vaste remue-ménage anime l'étage, Claude, emportée par son élan, manque de heurter un homme debout près du fauteuil crapaud acheté à la salle des ventes ! À la lueur d'une lampe électrique posée à terre, elle n'aperçoit que vaguement sa silhouette mais a conscience que l'intrus retire vivement sa main d'un pli du fauteuil.

— Dag ! Attaque !

Le cambrioleur pousse un juron sonore et file droit vers la fenêtre, grande ouverte sur la nuit. Dag, sans attendre l'ordre de sa jeune maîtresse, s'est déjà précipité à ses trousses. Ses crocs happent un bas de pantalon. L'homme se libère d'une ruade et gagne le balcon… Sans doute passe-t-il de là sur le balcon voisin pour s'enfuir par un escalier de service… Toujours est-il que, lorsque M. Dorsel, sa femme et les garçons arrivent, ils ne trouvent plus que Claude et Dagobert dans le salon.

— C'était bien un cambrioleur ! s'écrie Claude. Je l'ai à peine vu mais je jurerais qu'il s'agit d'Ernest Pradier ! Il était penché sur le fauteuil et semblait chercher quelque chose !

— Les perles roses, parbleu ! lance Mick.

— Voilà qui confirme ce que je pensais déjà, déclare Claude triomphante. Cet individu savait, avant même que le crapaud ne soit mis aux enchères, que le précieux collier se trouvait caché à l'intérieur.

— Et c'est pour cela qu'il tenait tant à racheter ce meuble à tante Cécile ! souligne Annie.

— Ne vous hâtez pas d'accuser sans preuve ! coupe M. Dorsel. Après tout, nous ne savons rien de positif.

— Mais nos hypothèses se tiennent ! fait remarquer François.

— Je ne dis pas. Cependant, la police ne s'en contentera pas. Il lui faut du concret, du solide. Comme apparemment rien ne manque ici, nous avons seulement été victimes d'une tentative de cambriolage. Je le signalerai dès demain matin aux autorités compétentes. Mais je ne peux pas accuser Ernest Pradier. Tu n'as fait qu'entrevoir une silhouette masculine, Claude. Il faut nous montrer prudents…

Mme Dorsel, après une rapide inspection, confirme que rien n'a été volé. François et Mick relèvent quelques traces sur la fenêtre du balcon : le cambrioleur s'est introduit par là. D'avance, M. Dorsel sait que la police ne pourra pas faire grand-chose à partir d'aussi minces indices.

Claude et ses cousins retournent se coucher, fermement persuadés que Pradier est le coupable. Seul François doute encore.

— Si la police ne peut agir contre lui sans preuves, maugrée Claude en se glissant entre ses draps, rien ne nous en empêche, nous !

Et, s'adressant à Dag, le chef des Cinq ajoute :

— N'est-ce pas, mon vieux ?

— Ouah ! approuve le chien avec force.

— En attendant, déclare Annie, il est heureux que les perles ne soient pas restées dans le fauteuil. Le cambrioleur, quel qu'il soit, ne pouvait deviner que tante Cécile les conserve dans son sac à main, en attendant de les remettre à Arlette Trébor.

Un grognement lui répond. Claude s'est endormie d'un coup. Dag en fait autant sur la descente de lit. Annie ne tarde pas à les rejoindre au pays des rêves.

chapitre 6

L'héritière

Le lendemain matin, après le départ de M. Dorsel pour son congrès et tandis que la maman de Claude s'occupe à la cuisine, les Cinq s'attardent autour de la table du petit déjeuner pour discuter des événements de la veille.

— Je suis sûre que le cambrioleur n'était autre que Pradier ! répète Claude.

— Pradier est un commerçant ayant pignon sur rue ! rappelle François. Son magasin doit bien lui rapporter. Même s'il connaissait l'existence des perles, ce qui est probable, il se serait contenté de son offre de rachat. Je ne le vois guère s'introduisant dans l'immeuble et faisant de la gymnastique d'un

balcon à l'autre pour forcer la porte-fenêtre d'un balcon et fouiller dans le salon.

— Mais qui d'autre, objecte Mick, pouvait savoir tout à la fois que les perles étaient cachées dans le fauteuil et que tante Cécile possédait le meuble ?

— Ce Pradier ne m'est pas sympathique, murmure Annie. Je pense comme Claude, François. Notre visiteur de cette nuit ne peut être que lui !

— C'est lui ! affirme Claude.

— Mais comment en avoir la preuve ? soupire François.

Le chef des Cinq sourit d'un air malicieux.

— Il y a peut-être moyen de savoir. Tenez, regardez ça... !

Claude a sorti de sa poche un bout d'étoffe bleu marine qu'elle agite sous le nez de ses cousins.

— Vous voyez ! C'est un indice que nous devons à Dago !

— Qu'est-ce que c'est ? demande Annie en ouvrant des yeux surpris.

— Un lambeau arraché par les crocs de Dag au pantalon du cambrioleur... autant dire un morceau du costume qu'il portait cette nuit !

Mick se renfrogne.

— Tu nous vois explorant la ville et fouillant toutes les garde-robes masculines à la recherche d'un pantalon endommagé? Ridicule! Ridicule et impossible!

— Certainement! rétorque Claude, d'un air méprisant. Aussi n'est-ce pas ainsi que j'ai l'intention de procéder. Ce tissu est imprégné de l'odeur de son propriétaire. Dago, grâce à son flair, pourra identifier celui-ci... Je vais le conduire chez Pradier. Si Dag réagit à la vue de cet homme...

— Nous n'aurons guère qu'une preuve morale de plus contre lui! achève François.

— Une certitude qui nous permettra d'axer sur lui notre enquête! rectifie Claude. Car il veut ces perles et ne renoncera sans doute pas à elles si facilement!

— Mais, objecte Annie, si nous allons chez Pradier, il comprendra que nous le soupçonnons... il se méfiera de nous... Il sera alors difficile de le surveiller.

— Bah! fait Claude avec insouciance. Il ne nous connaît pas. À la salle des ventes, il n'a pas dû nous remarquer dans la foule.

— Sûr! dit Mick. Et quand il est venu proposer à tante Cécile de lui racheter le fauteuil, nous étions dans la pièce à côté.

— Il a vu Claude cette nuit, dans le salon…, rappelle François.

— Peuh ! Il a dû entrevoir ma silhouette comme j'ai entrevu la sienne.

— Mais Dago ! remarque Annie, non sans humour. Il a fait plus que le voir, lui ! Il lui a échappé de peu !

— Ouah ! émet Dag d'un air content de soi.

Claude médite un moment sur la réflexion de sa cousine. Elle pèse le pour et le contre. Soudain, elle lève la tête. Une lueur de défi passe dans ses yeux.

— Peu importe, conclut-elle. Je veux en avoir le cœur net. Mais nous ne brûlerons pas toutes nos cartouches à la fois. J'irai seule avec Dag au magasin de Pradier. Comme il ne vous connaît pas, et si mes soupçons sont fondés, vous pourrez le filer sans danger par la suite.

François a beau soulever des objections, Claude s'entête dans son idée. Une heure plus tard, après avoir présenté le lambeau de pantalon à Dagobert qui le flaire longuement, elle se met en route avec le chien. Ses cousins, qui ont tenu à l'escorter, s'arrêtent à cinquante mètres du magasin pour l'attendre.

Claude entre hardiment dans la boutique de bimbeloterie d'Ernest Pradier, non sans avoir une fois de plus fait sentir à Dag le morceau d'étoffe arraché au pantalon du cambrioleur.

Le commerçant est seul. À la vue de Claude, il s'avance, un sourire engageant aux lèvres.

— Que puis-je pour vous ?

Claude n'a pas le loisir de répondre. Dag vient de reconnaître le visiteur nocturne et se prépare à lui sauter à la gorge.

Claude n'a que le temps de retenir le chien.

— Excusez-moi ! dit-elle d'une voix posée. Je ne sais pas ce qui lui prend. Il est très doux d'habitude.

Une lueur d'affolement passe dans le regard de Pradier, vite remplacée par une autre, de méfiance celle-ci. Claude n'a plus de doute. Dag vient d'identifier le cambrioleur, mais celui-ci, de son côté, a reconnu son assaillant de la nuit précédente. Pradier ordonne sèchement :

— Sortez, vous et votre chien ! Les animaux ne sont pas admis dans ce magasin.

Claude bat en retraite sans insister. Elle commence à regretter l'impulsion qui l'a incitée à rendre visite au suspect. Désormais, Pradier sera sur ses gardes.

Elle rejoint ses cousins à pas lents, l'esprit préoccupé. François lui fait, bien entendu, les reproches auxquels elle s'attend. Pris par leur discussion, les enfants ne s'aperçoivent pas que Pradier est sorti presque derrière Claude et que, après avoir fermé son magasin et accroché un écriteau à sa porte, il l'a suivie de loin. Le vent, qui souffle dans sa direction, empêche Dag de le sentir. À présent, dissimulé derrière une voiture en stationnement, il ne perd pas un mot de la conversation.

— J'ai peut-être eu tort de pousser cette reconnaissance chez l'ennemi, soupire Claude, mais je suis maintenant absolument certaine que cet homme est résolu à s'approprier les perles roses. Vivement qu'Arlette Trébor entre en possession de son héritage !

— J'ai une idée ! lance Mick. Pourquoi n'irions-nous pas tout de suite chez elle puisque nous l'avons manquée hier ?

— Oh, oui ! s'écrie Annie, enchantée. Elle sera heureuse d'apprendre que la fortune lui sourit enfin !

Les jeunes détectives décident de se rendre à pied chez Arlette : cela leur fera une promenade... Au moment de pénétrer dans l'immeuble où habite la jeune veuve, Claude jette machinalement un regard derrière elle.

— Oh ! s'exclame-t-elle en sursautant. J'ai cru voir Pradier s'éclipser au coin de la rue.

— C'est une obsession ! réplique Mick en riant. Tu le vois partout, ma parole ! Allez, arrive !

Ce jour-là, les enfants ont plus de chance que la veille. Arlette Trébor en personne répond à leur coup de sonnette. Elle semble très jeune avec ses longs cheveux bruns flottant sur ses épaules. Mona, sa petite fille, arrive sur ses talons. Elle est blonde, avec un nez retroussé et un sourire adorable. Elle doit avoir six ans.

Claude se présente vivement, nomme ses cousins et demande la faveur d'un entretien privé. Arlette Trébor sourit de la gravité de ses visiteurs.

— Le motif de votre visite est donc important ?

— Très important ! Nous vous apportons la fortune.

— Si vous vendez des billets de loterie…

— Non, non ! Rien de tel ! Écoutez-nous seulement !

Déjà, dans un coin de la salle de séjour meublée modestement mais avec goût, Mona fait connaissance avec Dag. Sa maman invite les enfants à s'asseoir sur des poufs et prend elle-même place devant un grand piano.

— Je vous écoute…

En se relayant, les enfants la mettent au courant de l'incroyable aventure. Mona a cessé de jouer avec Dag pour écouter, elle aussi.

— Mais ce n'est pas possible ! Fantastique ! s'écrie Arlette quand les enfants ont fini.

— C'est très vrai au contraire, madame ! affirme Claude. Si vous voulez une confirmation, ajoute-t-elle en désignant un téléphone dans un coin, appelez donc ma mère. Elle vous donnera des précisions...

Après avoir téléphoné à Mme Dorsel, Arlette n'a plus aucun doute quant à la réalité de son héritage. Elle donne alors libre cours à sa joie. Pressant sa petite Mona contre elle, elle remercie chaleureusement les Cinq.

— Grâce à vous et à cette chère Mlle Langlois, amie de ma grand-mère, je vais enfin pouvoir mener une vie confortable et gâter davantage Mona... Je peux bien vous l'avouer ! Avec mes leçons de musique, et quelques répétitions que je donne à de jeunes enfants, je gagne tout juste de quoi vivre. La bonne fortune qui m'arrive est providentielle...

— Le collier a certainement une valeur énorme, souligne François. Les perles roses sont très rares.

— Et celles-là sont véritables et si jolies ! murmure Annie qui adore les belles choses.

— Votre maman, fait Arlette en se tournant vers Claude, vient de me donner au téléphone un précieux avis : faire au plus tôt expertiser le collier, le vendre et placer avantageusement l'argent que j'en retirerai. Je suis décidée à suivre son conseil.

— Parfait ! approuve Claude avec simplicité.

Arlette Trébor et Mona lui ont été sympathiques d'emblée. Au bout de quelques instants de conversation, la jeune femme et les enfants deviennent tout à fait amis. Arlette sert des rafraîchissements et des gâteaux secs à ses visiteurs. Dago compris.

— Et maintenant, annonce Claude, il ne vous reste plus qu'à venir chercher vos perles à la maison !

Arlette sourit d'un air d'excuse.

— J'aimerais bien y aller aujourd'hui même, mais, cet après-midi, je ne peux guère bouger de chez moi. J'ai une journée particulièrement chargée en leçons. En revanche, demain… si votre mère peut me recevoir… J'en profiterais pour la remercier de vive voix… J'étais si émue en lui parlant, tout à l'heure, que j'ai négligé de lui demander un rendez-vous !

Claude se charge de réparer cet oubli en appelant elle-même sa mère au téléphone. Mme Dorsel répond, fort obligeamment, qu'elle ne sortira pas le lendemain matin et qu'elle recevra volontiers Mme Trébor à partir de dix heures.

La maman de Mona paraît enchantée.

— À demain donc ! dit-elle aux enfants quand ils prennent congé. Et mille fois merci encore !

— À demain ! À demain ! répète Mona qui semble avoir de la peine à se séparer d'Annie et de Dago.

Annie, qui est une véritable petite maman dans l'âme, adore les enfants. La gentillesse de Mona l'a conquise. Elle espère bien que, le lendemain, Arlette amènera la petite fille avec elle.

chapitre 7

Aventures souterraines

Cet espoir n'est pas déçu. Le matin suivant, après avoir fait les courses pour la journée, les Cinq s'installent au balcon pour guetter l'arrivée d'Arlette et de Mona… Soudain Mick annonce gaiement :

— Les voici toutes les deux ! Elles ont dû venir à pied ou par le bus qui s'arrête juste avant le tournant !

— Quelle chance que Mona accompagne sa mère ! dit Annie.

— Je vais prévenir tante Cécile ! s'écrie François.

Mick et Annie rentrent dans le salon à sa suite mais Claude reste à son poste. Quelque chose, ou plutôt quelqu'un, vient d'attirer son attention !

Un homme, en effet, a tourné le coin de la rue et semble suivre Arlette en prenant grand soin de ne pas être vu par elle.

— Je me trompe peut-être, murmure Claude pour elle-même, mais cette silhouette me rappelle quelqu'un... On dirait bien Pradier. Qu'en penses-tu, mon vieux Dag ?

— Grrr... ! fait Dago en passant la tête entre les balustres du balcon. Ouah !

— Bien sûr, poursuit Claude en fronçant le sourcil, il n'est pas facile de s'en assurer. Vu d'ici, le bonhomme ressemble plutôt à un épouvantail. Il porte un long manteau au col relevé jusqu'aux oreilles et un chapeau enfoncé jusqu'aux yeux. Si c'est bien Pradier, il s'est efforcé de se rendre méconnaissable.

— Ouah ! lance encore Dago.

Claude va rejoindre ses cousins.

— Je crois, annonce-t-elle tout de go, que Pradier est miraculeusement au courant de bien des choses. La preuve ! Il a suivi Arlette et Mona jusqu'ici !

— Tu rêves ! réagit Mick. Comment pourrait-il savoir... ?

— Chut ! coupe Annie. On vient de sonner.

C'est, bien entendu, Arlette et sa fille. Mme Dorsel les accueille avec chaleur. Après une conversation animée, la maman de Claude va chercher l'écrin bleu dans sa chambre. Elle le tend à Arlette. Très émue, celle-ci soulève le couvercle et reste pétrifiée devant la beauté du double rang de perles roses.

— Savez-vous, intervient brusquement Mick, qu'on a bien failli nous le voler ? Un cambrioleur s'est introduit chez nous l'autre nuit. Heureusement que Claude et son chien l'ont mis en fuite !

— Comment ! s'exclame Arlette en sursautant. Oh ! je suis désolée. Mais pensez-vous que l'on en voulait particulièrement à ces perles ?

— Nous en sommes persuadés ! affirme le jeune garçon.

Et il raconte toute l'histoire. À la vive contrariété de sa tante, il expose même les soupçons de Claude concernant Ernest Pradier… soupçons que partagent ses cousins à présent.

— Il ne faut pas accuser cet homme sans preuves, déclare Mme Dorsel sans cacher son mécontentement. Claude juge souvent trop hâtivement…

Mais Claude, qui est restée muette et pensive jusque-là, n'hésite pas à couper la parole à sa mère.

— Je t'assure, maman, que je vois juste. Et je suis même assez soucieuse en ce moment. Tout à l'heure, du balcon, il m'a semblé voir un homme filer Mme Trébor… un homme ayant l'allure de Pradier… un Pradier qui se serait déguisé !

— Tu rêves ! s'écrie Mick pour la seconde fois. Comment pourrait-il être au courant ?

— Comment… je l'ignore, réplique Claude assombrie, mais le fait est là. Mona et sa maman ont été suivies jusqu'ici !

Arlette est devenue toute pâle.

— Je ne m'étais donc pas trompée ? souffle-t-elle.

— Que voulez-vous dire ? demande Claude, surprise.

— Il… il m'avait bien semblé qu'un homme, avec un long pardessus, nous avait emboîté le pas lorsque nous sommes sorties… Et il est monté dans le même autobus que nous… Je n'ai pas bien distingué son visage !

D'un même élan, François et Mick se précipitent sur le balcon. Mais ils ont beau fouiller les alentours du regard, ils ne voient personne de suspect.

— Rien à signaler ! annonce François en revenant au salon. Ou l'homme qui vous suivait est parti, ou il ne s'est trouvé derrière vous que par hasard.

— Je ne pense pas, coupe Claude. Il suivait volontairement Mme Trébor. Je l'ai vu de mes yeux... Il cherchait à passer inaperçu et... c'était Pradier !

— S'il est encore dans les parages, dit Mick, il doit se dissimuler quelque part et va recommencer à vous suivre. Il va essayer de voler vos perles !

— Ne dramatise pas, Mick ! tempère sa tante.

— Écoutez ! conseille vivement Claude à Arlette. Je crois que le plus pressé est de déposer ce collier dans un coffre, à la banque.

— Oui, c'est une excellente idée. Ma banque est juste à côté de chez moi.

— Allez-y tout de suite. Mais comme il serait imprudent de circuler sans escorte, vu les circonstances, nous allons vous accompagner, mes cousins et moi ! En vous voyant ainsi entourée, Pradier n'osera pas agir.

Arlette Trébor paraît réconfortée par cette offre.

— J'accepte volontiers... si votre maman le permet, ajoute-t-elle timidement.

— Bien sûr ! acquiesce Mme Dorsel. Mais je ne crois pas que vous courriez le moindre danger.

Puis, souriante, elle recommande :

— Prenez donc le métro. Il y a une station à deux pas d'ici. Vous irez plus vite qu'en bus. Mais j'espère que Claude se trompe et que nul n'en veut à votre bien. Ma fille a une imagination débordante.

Arlette glisse le précieux écrin dans son sac puis, après avoir pris congé de Mme Dorsel, part avec Mona et les Cinq. Une fois dans la rue, les enfants regardent en vain autour d'eux : il n'y a personne en vue !

— Tant mieux ! dit Annie, soulagée. Je n'aime pas les complications.

C'est vrai. Contrairement à ses frères et à Claude, elle accepte l'aventure quand celle-ci se présente mais a horreur des difficultés et des dangers… ce qui ne l'empêche pas, du reste, de se comporter avec bravoure, le cas échéant.

La petite troupe arrive très vite à la bouche de métro, s'y engouffre et gagne le quai. Dag, sagement, a réintégré l'inévitable cabas. Depuis sa dernière mésaventure, Claude ne lui permet plus d'utiliser les trous percés au fond pour se dégourdir les pattes.

Tous attendent en silence l'arrivée de la rame. Arlette Trébor a hâte de se trouver à la banque. Les enfants, un peu en retrait derrière elle, prennent très à cœur leur fonction de gardes du corps. Annie tient Mona par la main. Claude et Mick portent le cabas dans lequel le pauvre Dag sent confusément le ridicule de sa position.

La rame entre en gare. Arlette, serrant contre elle le sac contenant le précieux collier, se tient au bord du quai. Soudain surgit à côté d'elle un homme qui lui arrache son sac tout en la bousculant violemment. Elle perd l'équilibre...

La jeune femme serait certainement tombée sous le train si Claude et Mick ne l'avaient retenue d'un même geste.

Profitant de l'émotion du moment, le misérable se faufile parmi la foule des voyageurs et s'élance vers la sortie. La plupart des gens n'ont rien vu du drame qui vient de se jouer. Et puis, ils sont pressés de monter en voiture ! Le voleur aurait donc pu fuir si François et Dag n'avaient été là pour veiller au grain.

François se rue à la poursuite de l'homme tandis que Dag, jaillissant de son cabas comme un diable hors de sa boîte, rattrape le malfaiteur en quelques bonds.

L'homme – qui a l'apparence d'un clochard – pousse un cri d'effroi quand l'animal lui saute dessus. François arrive au même instant et, d'un geste sec, récupère le sac d'Arlette.

Le voleur, pris de panique, cache son visage de son bras droit levé, comme pour se protéger, cependant que Dag, suspendu à l'autre bras, l'empêche de s'enfuir. François va l'empoigner de son côté quand un employé du métro s'interpose. Saisissant Dag par son collier, il le tire vivement en arrière.

— Sale bête ! s'écrie-t-il en même temps. Veux-tu lâcher prise ! A-t-on idée d'attaquer des gens parce qu'ils sont mal habillés ! Et puis d'abord, les chiens ne sont pas autorisés à circuler sur les quais. Celui-ci est à vous, mon garçon ? Attendez un peu ! Je vais vous dresser procès-verbal, moi ! Créer ainsi du désordre…

En vain François tente-t-il de s'expliquer. L'employé ne veut rien entendre. Il tire si fort sur le collier du chien que le pauvre Dag est à moitié étranglé. Bien entendu, le « clochard » met l'altercation à profit pour s'éclipser.

Il disparaît en un clin d'œil, si vite que François n'a même pas la possibilité de lui courir après. D'ailleurs l'employé ne le lui permet pas.

— Alors, mon garçon ! M'avez-vous entendu ?

Je…

Mais déjà Claude, Mick et Annie, suivis d'Arlette toute tremblante et de Mona en larmes, arrivent à la rescousse.

— Lâchez mon chien ! ordonne Claude hors d'elle en constatant qu'on maltraite son bien-aimé Dago. Vous ne voyez donc pas qu'il était en train d'arrêter un malfaiteur ?

— L'homme qui vient de s'échapper m'avait volé mon sac et a tenté de me pousser sous le train ! explique à son tour Arlette très émue. Oh, Claude ! Avec Mick, vous m'avez sauvé la vie ! Et François et Dag ont récupéré mes perles !

Elle fond en larmes. L'employé, confondu, ne sait plus que dire. Il finit par bégayer :

— Excusez-moi... Je ne pouvais pas deviner...

François presse le mouvement.

— Partons vite ! conseille-t-il. Je ne serai tranquille que lorsque nous serons à l'abri, à la banque.

Dag réintègre son cabas. La petite troupe monte dans une voiture de la rame suivante. Personne ne parle avant d'être remonté au grand jour. Alors, tous regardent autour d'eux avec appréhension... Mais aucune silhouette suspecte ne rôde alentour.

— Vite ! dit Arlette. Ma banque est dans la rue voisine.

— Dépêchez-vous d'enfermer ce collier en lieu sûr, grommelle Claude. Ensuite, nous nous occuperons de Pradier.

— Pradier ! s'exclame Arlette. Vous croyez que l'homme du métro... c'était lui ?

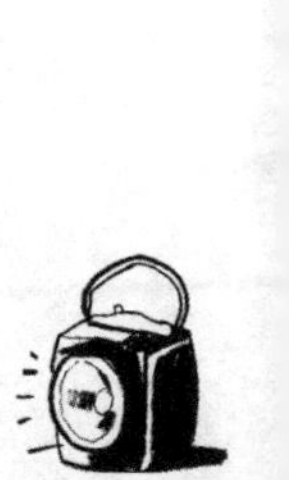

— Parfaitement ! affirme Claude. Il s'était transformé en clochard, mais je l'ai parfaitement reconnu... juste au moment où il vous a attaquée !

Mick s'écrie :

— Il nous aurait donc suivis depuis la maison ?

— Je le crois. Il devait nous guetter, caché derrière le kiosque à journaux. Pour modifier son apparence, il n'a pas eu grand-chose à faire : déformer son chapeau en le cabossant, salir sa figure et ses mains avec un peu de terre, balayer le sol avec son manteau pour le faire paraître usagé... Ainsi Arlette, il était sûr que, même si vous l'aviez remarqué lors de sa précédente filature, vous ne l'auriez pas reconnu... du moins tout de suite. Ce qu'il désirait, c'est pouvoir s'approcher de vous sans éveiller vos soupçons. Cet homme ne recule décidément devant rien... et il est ingénieux.

— Quelle canaille ! commente François. Je suis certain, moi aussi, que c'était Pradier. Il a bien essayé de dissimuler son visage, mais je l'ai reconnu tout de même.

— Sans cet idiot d'employé, déclare Claude encore bouillante de rage, nous le tenions ! Nous l'avions pincé la main dans le sac !

— Ou plutôt le sac dans la main ! rectifie Annie en souriant avec malice.

La boutade détend l'atmosphère. Claude elle-même se met à rire. Arlette pousse un soupir de soulagement.

— Ouf ! Nous sommes arrivés à la banque ! annonce-t-elle en s'engouffrant sous le porche. Je vais louer un coffre et y enfermer les perles. Je vous confie Mona ! Attendez-moi un instant dans le hall, voulez-vous ?

Un peu plus tard, le collier est en sûreté : il ne craint plus rien des manigances de Pradier !

— Voilà une affaire terminée, estime François avec satisfaction. Nous avons bien travaillé ! Découverte des perles et du testament, remise de son héritage à Arlette !... Les Cinq peuvent se voter des félicitations !

chapitre 8

L'enquête rebondit

Cet après-midi-là, les enfants prennent le soleil dans un square. Claude, qui manque singulièrement d'entrain depuis ce que ses cousins appellent « la fin de l'aventure », déclare soudain :

— C'est plus fort que moi : je pense sans cesse à Pradier ! Nous avons triomphé de lui en déjouant toutes ses manœuvres, c'est un fait ! Mais il n'a pas été puni comme il le mérite. Cela me chiffonne. Pas vous ?

— Bah ! Il faut être philosophe ! dit François. Oublie-le !

— Jouons à cache-cache ! propose Annie.

— Ouah ? fait Dag.

— Ma foi…

Claude se laisse entraîner par ses cousins et ne pense plus à son « ennemi ». Du moins, fait-elle de son mieux pour l'oublier.

Mais le lendemain, un coup de fil inattendu d'Arlette relance toute l'affaire... Mme Dorsel est sortie quand la maman de Mona téléphone. C'est Claude qui répond...

— Allô ! C'est vous, Claude ?... Si vous saviez ! C'est terrible...

— Que se passe-t-il ? demande vivement le chef des Cinq.

— Ce matin... un billet anonyme glissé sous ma porte !... On me menace... Je ne sais que faire !

Un petit frisson court le long de l'échine de Claude. Intrépide, voire téméraire, elle est de nouveau prête à se lancer à corps perdu dans l'aventure.

La voix d'Arlette est haletante, coupée de sanglots, dirait-on.

— Calmez-vous ! conseille Claude. Voyons ! De quoi s'agit-il ? Et de quoi vous menace-t-on au juste ?

— D'enlever ma petite Mona si je ne donne pas le collier !

— Quoi ! Que dites-vous ? s'exclame Claude, médusée.

Arlette explique très vite :

— Le billet est bourré d'instructions précises… Je dois remettre les perles sitôt après avoir été les chercher à la banque… Oh, Claude ! Cela me fait du bien de me confier à vous… Je suis décidée à faire ce que l'on me demande. Tant pis pour la fortune ! La sécurité de Mona avant tout !

— Attendez ! Attendez ! hurle Claude dans l'appareil. Ne raccrochez pas. Laissez-moi réfléchir une minute… et mettre mes cousins au courant de la situation !

C'est fait en quelques mots. François, Mick et Annie poussent des exclamations indignées.

— C'est odieux ! s'indigne François. Et lâche ! Un ennemi anonyme qui se manifeste ainsi…

— Pas anonyme ! rappelle Claude. Il s'agit évidemment de Pradier !

— Décidément, ces perles lui tiennent à cœur ! constate Mick en serrant les poings. Ne pas hésiter à s'attaquer à une femme et à une enfant sans défense pour se les approprier…

— Arlette doit prévenir tout de suite la police ! dit Annie. Il faut protéger Mona.

— Allô, Arlette ? reprend Claude. Nous sommes tous d'avis que vous téléphoniez à la police. On vous enverra quelqu'un pour veiller sur vous.

— Mon correspondant anonyme m'a d'avance engagée à n'en rien faire. Et les policiers ne pourraient indéfiniment servir de gardes du corps à ma fille. Une fois qu'ils seraient partis, Mona courrait les mêmes dangers qu'avant !

Claude réfléchit rapidement. Ses parents ne sont pas là pour l'aider. Or, l'affaire est trop grave pour que les Cinq puissent s'en occuper tout seuls !

François le comprend de son côté. Prenant le combiné des mains de Claude, il tente de convaincre la maman de Mona.

— Claude a raison, Arlette ! Prévenez la police. C'est la solution la plus sage, croyez-moi.

— Je n'ose pas désobéir aux instructions du billet, François ! J'ai trop peur des représailles… Je n'aurais même pas dû vous téléphoner. Mais j'étais aux abois. J'avais besoin de parler à quelqu'un… À présent, je suis décidée. Je vais me rendre à la banque et j'irai seule au rendez-vous fixé. Je renoncerai aux perles. Ensuite, j'aurai la paix. La sécurité de Mona passe avant tout, vous devez le comprendre.

En désespoir de cause, François tente d'intimider Arlette.

— Si vous n'alertez pas la police, nous le ferons à votre place. Nous vous protégerons malgré vous.

Le rire triste de la jeune femme lui répond :

— Cela ne vous est pas possible. La police ne vous écouterait pas. La seule preuve du danger qui menace Mona, c'est le billet que je possède. L'histoire que vous raconteriez aux autorités ne serait pas prise en considération : elle ne reposerait sur rien. Merci à vous tous de vouloir m'aider. C'est terriblement gentil mais vous ne pouvez rien pour moi. Merci ! Merci de tout cœur, les enfants !

Claude comprend qu'Arlette va raccrocher. Elle reprend vivement le combiné à son cousin.

— Allô ! Allô ! Ne coupez pas !... Parlez-nous au moins des instructions contenues dans le billet. Que devez-vous faire après avoir retiré les perles de la banque ? Où devez-vous rencontrer le misérable qui vous menace ?

— Je ne vous dirai rien de plus. Je n'ai déjà que trop parlé.

Et Arlette ajoute, dans un soupir :

— Je vous verrai plus tard, quand cette affaire sera réglée. Merci encore de votre sympathie, ma petite Claude. À bientôt.

Un « clic » apprend à Claude qu'elle a raccroché. François et Mick sont pâles d'émotion.

Annie pleure presque. Dag, sensible à l'atmosphère, devient nerveux. Claude, un moment déconcertée, n'entend pas rester sur un échec. Son cerveau travaille à toute vitesse.

— Courage, les Cinq ! s'écrie-t-elle brusquement. Nous allons intervenir ! Voici mon plan… Attendre Arlette à la sortie de la banque et la filer jusqu'à l'endroit de son mystérieux rendez-vous. Ensuite, nous agirons au mieux !

— Mais… comment ? demande Mick médusé. Pour commencer, nous n'aurons jamais le temps d'être à la banque au bon moment.

— Peut-être bien que si ! murmure Claude. Vite, François ! Passe-moi le numéro de téléphone que t'a donné Thierry Sérignac… C'est le moment ou jamais d'avoir recours à ses services !

Deux minutes plus tard, elle a Thierry en ligne. Ses cousins, pleins d'admiration, suivent de leur mieux le bref dialogue :

— Allô, Thierry ! Ici les Cinq. Nous avons besoin de toi et de la voiture. Peux-tu arriver sur les chapeaux de roue ?

— …

— Dix minutes ? Parfait ! Il s'agit d'un cas urgent. Chaque minute compte. Merci. Nous descendons t'attendre sur le trottoir.

Une fois de plus, Annie admire l'esprit d'initiative de sa cousine. Claude est un chef, un vrai : prompte à prendre une décision et à la réaliser. François et Mick sont aussi impressionnés qu'elle. Grâce à Thierry, peut-être arrivera-t-on à temps !

— Nous gagnerons cette course contre la montre ! déclare Claude posément. Arlette doit d'abord confier la garde de Mona à quelqu'un, une voisine par exemple. Ensuite, elle doit se rendre à la banque. Puis, descendre à la salle des coffres, donner une signature, aller au coffre, l'ouvrir, en retirer les perles, etc. J'ai vu à la télévision comment cela se passe... Avant qu'elle ne quitte la banque, j'espère que nous serons là...

Groupés sur le trottoir, les Cinq n'ont pas longtemps à attendre. Thierry, leur nouvel ami, arrive presque aussitôt. Le jeune homme les salue gaiement, sans lâcher le volant.

— Montez vite ! La bagnole n'est pas grande mais nous y tiendrons tous. Où faut-il vous conduire ?

Claude l'explique. La voiture part à toute allure. Thierry pilote avec habileté, se faufilant miraculeusement parmi le trafic et réussissant de véritables tours de force. À l'arrière, Annie, serrée entre Mick d'une part et Claude et Dago

de l'autre, a un peu peur. François, assis à côté de Thierry, n'est qu'à moitié rassuré lui aussi.

— Hé ! Dis donc ! Tu viens de passer au rouge.

— Que non ! À l'orange.

— Une orange sanguine ! précise Claude en riant.

Enfin, on arrive. Thierry s'arrête net devant la banque, mais de l'autre côté de la rue. En quelques mots, Claude a exposé la situation à Thierry, et aussi son plan : les Cinq fileront discrètement Arlette pour remonter ainsi jusqu'à son correspondant inconnu… ou, plus vraisemblablement, jusqu'à l'escroc qu'est Ernest Pradier.

— Pourvu qu'Arlette ne soit pas déjà sortie ! soupire Annie.

Au même instant, la jeune femme surgit sur les marches de la banque. Elle serre contre elle, bien visible, l'écrin-pochette contenant les perles roses !

Vivement, elle descend les degrés et se met à longer le trottoir, d'un pas rapide, sans se retourner. On la sent pressée d'en finir…

— Elle n'a pas pris de taxi ! fait remarquer Mick.

— Cela prouve que l'endroit du rendez-vous n'est pas loin d'ici, souligne Claude. Vite ! Descendons et suivons-la à pied !

Les Cinq et Thierry sortent de la voiture.

— Ne restons pas tous ensemble ! conseille Claude. Il faut éviter de nous faire remarquer… Thierry, passe devant ! Arlette ne te connaît pas. Si elle se retourne, elle n'aura aucun soupçon !

Ils continuent donc la filature, raisonnablement échelonnés. Arlette avance toujours. Après avoir longé le boulevard un certain temps, elle tourne soudain dans une rue qui le coupe à angle droit… Thierry et les Cinq, qui la suivent à bonne distance, en font autant.

Bientôt, Arlette tourne dans une seconde rue, particulièrement animée. L'espace d'une seconde, elle paraît hésiter. Puis, au moment où les jeunes détectives s'y attendent le moins, elle jette un coup d'œil par-dessus son épaule. Grâce aux précautions de l'astucieuse Claude, elle ne voit que Thierry dont elle n'a aucune raison de se méfier.

Rassurée, Arlette parcourt encore cinquante mètres, d'une allure rapide. Puis, elle ralentit. Derrière elle, les jeunes détectives en font autant. Tous devinent que l'instant crucial est arrivé. Quelque chose va se passer…

Cependant, autant qu'ils peuvent voir, personne ne semble s'intéresser à la jeune femme…

Arlette ralentit encore. Claude, ses cousins et Thierry ont l'impression qu'elle cherche à se repérer… ou à repérer quelqu'un.

Soudain, Arlette paraît se décider. De la main droite, elle saisit l'écrin-pochette qu'elle serre sous son bras gauche. Sans s'arrêter, d'un geste vif, elle le jette à l'intérieur d'une voiture en stationnement le long du trottoir qu'elle suit…

Cela ne lui est pas difficile : la glace de la portière est baissée. Arlette n'a qu'à allonger le bras : l'écrin tombe sur la banquette avant.

Tout se passe en l'espace d'un éclair. Personne, à moins d'avoir les yeux fixés sur la jeune femme, n'aurait pu remarquer son geste tant celui-ci a été prompt. Arlette, du reste, continue à avancer, droit devant elle, comme indifférente. Elle obéit sans doute aux instructions du billet.

Claude pousse un cri et bondit en avant, suivie de ses cousins et du fidèle Dag. Devant elle, Thierry s'est déjà lancé, bousculant même au passage quelques promeneurs ahuris.

Mais il est trop tard…

La voiture, dont le moteur tourne au ralenti, vient de démarrer et s'éloigne du trottoir. Thierry et Claude, hors d'haleine, arrivent en même temps à la hauteur du véhicule. Tous deux, également en même temps, tentent de le retenir en s'accrochant à lui. Ils n'obtiennent d'autre résultat que de se retourner les ongles contre la tôle.

En vain aussi, Dag, aboyant avec fureur, essaie-t-il de planter ses crocs dans les pneus. Tentative dérisoire ! La voiture continue son chemin et se perd au milieu du trafic. Annie, qui vient de rejoindre sa cousine sur les talons de ses frères, ne peut s'empêcher de crier naïvement :

— Arrêtez !... Arrêtez-le !

Sur le trottoir, les gens se mettent à rire, croyant qu'elle parle de Dago !

Dagobert en effet, voyant sa proie lui échapper, a été pris d'un soudain accès de fureur et tourne en rond sur lui-même, comme un forcené.

Cependant, le cri de la petite fille frappe les oreilles d'Arlette. La jeune femme fait volte-face... À la vue des Cinq, elle laisse échapper une exclamation de surprise et revient promptement sur ses pas. Son visage exprime une vive émotion.

— Que faites-vous ici ? interroge-t-elle. Et comment avez-vous pu me rejoindre ?

Claude se charge de le lui expliquer. Arlette est pâle d'effroi.

— Oh ! souffle-t-elle. Vous auriez pu tout faire rater.

— Certainement pas ! proteste Mick. Nous avons bien failli, au contraire, attraper ce misérable. Vous auriez récupéré vos perles, et Mona n'aurait plus rien eu à craindre de lui.

— De toute façon, murmure Arlette en soupirant, ma petite fille est en sécurité désormais.

— Sans doute ! réplique Claude un peu aigrement. Mais ce gredin triomphe et échappe à sa punition.

— J'aurais dû suivre Mme Trébor en voiture tandis que vous la suiviez à pied ! déclare Thierry.

François présente le jeune homme à Arlette. La maman de Mona semble émerger d'un cauchemar. Redevenue elle-même, elle remercie les cinq compagnons et caresse Dag qui se calme enfin.

— Ne me croyez pas ingrate, mes amis. Je ne sais comment vous exprimer ma reconnaissance. Vous avez essayé de me protéger, mais… eh bien, tant pis pour les perles ! Que mon voleur aille se faire pendre ailleurs !

Mais Claude et ses cousins ne se dérident pas.

— Avez-vous pu distinguer le visage du conducteur de la voiture ? demande Mick à Arlette.

— Je n'ai même pas tourné la tête… On me l'avait défendu.

— Et nous, nous sommes arrivés trop tard !

Claude serre les poings. Elle juge Arlette trop faible. Et elle s'en veut de n'avoir pas mieux su utiliser la voiture de Thierry. Elle aurait bien dû penser que l'auteur du billet de menace viendrait au rendez-vous en auto, lui !

Obligeamment, Thierry propose de ramener Arlette chez elle. C'est vite fait. Les jeunes détectives montent un instant chez leur protégée pour embrasser Mona qui attend sa maman chez une jeune voisine.

— Merci encore à vous tous, dit Arlette avec émotion. Cette histoire de fabuleux héritage et de perles volées m'aura du moins valu la chance de vous connaître et d'apprécier votre amitié.

Au moment des adieux, Mona embrasse très fort ses nouveaux amis. Dag dissipe l'attendrissement général en éternuant comiquement trois fois, coup sur coup… Les jeunes détectives s'en vont.

— Je vous ramène chez vous, propose Thierry. Quel dommage que nous n'ayons pas réussi ! Pour une fois que j'avais l'occasion de participer à une enquête des Cinq !

— L'enquête n'est pas finie ! déclare Claude d'un air buté. Je n'abandonne pas aussi aisément quand j'ai une idée en tête… et la mienne est de pincer Pradier !

— Je ne jurerais pas que c'est lui le coupable, intervient François. Nous n'avons même pas pu relever la plaque d'immatriculation de la voiture… une voiture de grande série !

— Peu importe ! grommelle Claude entre ses dents serrées. C'est lui qui a les perles, je le sais ! J'en suis tellement persuadée que j'ai la ferme intention de les lui reprendre !

— Les lui reprendre ! s'exclame Annie avec effroi.

— Et pourquoi pas ! Je n'aime pas qu'un malfaiteur me file ainsi sous le nez en emportant son butin… Sans compter que je me suis cassé deux ongles en m'agrippant à la poignée de sa portière… Pour un peu, je m'étalais sur le trottoir !

Claude est réellement furieuse. Ses cousins savent que, dans ces cas-là, il est impossible de la raisonner. Généreuse, franche et courageuse, Claude peut aussi se montrer têtue comme une mule quand l'envie lui en prend.

— Que comptes-tu faire ? questionne Mick, toujours disposé à emboîter le pas à sa fougueuse cousine.

— Avant tout, répond Claude, m'assurer que Pradier a bien les perles !

— Je croyais que tu n'en doutais pas ! fait Thierry, étonné.

— Tu as mal compris, je voulais dire que j'allais tâcher de savoir si Pradier garde les perles chez lui.

— Comment ! s'écrie Thierry, suffoqué. Tu comptes aller le relancer dans sa tanière ! Tu ne manques pas de nerf… Bon ! Vous voilà arrivés ! Si vous avez encore besoin de moi, n'hésitez pas à me faire signe ! Je suis à votre disposition… Allez ! Ciao !

Après le déjeuner, les Cinq gagnent un coin désert du square voisin, en plein soleil, et tiennent conseil. Les enfants font le point de la situation. Puis Claude déclare :

— Avant tout, nous devons surveiller la boutique de Pradier. Nous nous efforcerons de savoir qui il rencontre… Chez lui ou à l'extérieur. Nous le filerons au besoin. Après tout, ces perles, il va bien les négocier !

François hoche la tête.

— Hum ! Cette surveillance risque bien de ne rien donner. Allons, Claude ! Avoue que tu as autre chose en tête !

— Oui ! reconnaît le chef des Cinq. Je veux étudier les abords de la boutique et la boutique elle-même pour voir de quelle manière on peut y pénétrer… ouvertement ou non !

— Que veux-tu dire ?

— Si les perles sont chez Pradier, nous ne le saurons qu'en y allant voir !

— Pradier nous connaît à présent ! objecte Mick. Si nous franchissons son seuil, il nous éjectera proprement. Du reste, à quoi cela servirait-il ? Je ne me vois guère lui demandant : « S'il vous plaît, monsieur ! Voulez-vous me rendre les perles que vous avez volées à Mme Trébor ? » Et même si je le faisais, je l'imagine mal me répondant : « Certainement, mon jeune ami. Puisque vous me les demandez gentiment, les voici ! »

Claude sourit.

— Aussi ai-je précisé « entrer chez lui ouvertement ou non » ! Réflexion faite, « ouvertement » me semble délicat. Alors… puisque Pradier s'est glissé dans notre salon en pleine nuit, pourquoi ne pas lui rendre la pareille ?

François bondit.

— Tu es folle ! Une expédition de ce genre est tout à fait impossible. Oncle Henri et tante Cécile ne nous permettraient jamais de sortir la nuit. Et même si par miracle ils y consentaient, ils voudraient savoir où nous allons.

— Ne t'emballe pas, mon vieux ! réplique Claude. Il faut discuter longuement de cette affaire avant de passer à son exécution. Mais tu as raison : mener une enquête nocturne me paraît assez irréalisable. Du reste, la nuit, le magasin est bouclé. J'ignore aussi si Pradier a son appartement juste au-dessus ou s'il couche ailleurs. J'ignore également tout de ses habitudes... à quelle heure exacte il ferme, etc. Bref, nous allons commencer par le surveiller de près. Ensuite, nous tirerons nos plans... et puis, il faudra nous débrouiller pour connaître la disposition exacte des lieux.

François ne voit aucun empêchement à ce que l'on surveille la boutique. Mick et Annie sont d'accord. Les Cinq se mettent donc à l'affût trois jours durant. Après quoi, ils passent en revue les informations récoltées.

— Pradier ferme à six heures de l'après-midi, dit Annie.

— Il couche au premier ! rappelle François.

— Mais quitte son magasin à sept heures pour aller dîner au restaurant, ajoute Mick.

— De six à sept, il fait ses comptes et passe des coups de fil, autant que nous avons pu nous rendre compte en le surveillant à travers la vitrine, achève Claude.

Là-dessus, le chef des Cinq annonce ses conclusions.

— J'ai bien réfléchi. Je crois qu'un plan à la fois simple et hardi peut seul nous permettre de réussir dans notre enquête. Alors, voilà à quoi j'ai pensé...

chapitre 9

Les Cinq passent à l'action

Le projet de Claude est simple : elle a l'intention de s'introduire subrepticement dans la place, avant l'heure de la fermeture, de s'y cacher et de ne pas en repartir avant de savoir au juste où sont les perles.

Le mécanisme du plan est astucieux. François lui-même doit reconnaître que le coup est bien monté. Cependant, à son habitude et en sa qualité d'aîné, il soulève des objections car il est prudent et a conscience de ses responsabilités. Claude balaie ses protestations d'un geste de la main…

— J'ai tâché de tout prévoir, déclare-t-elle. Le coup doit réussir si tu joues bien le rôle que je viens de t'expliquer en détail…

— Notre rôle, à nous, n'est guère actif! déplore Mick, l'air renfrogné.

— C'est vrai! renchérit Annie. Nous ne ferons que patienter tandis que tu agiras.

— Votre rôle est au contraire très important, réplique Claude, puisque vous êtes chargés d'assurer ma sécurité. Vous saurez où je suis, quels risques je cours si Pradier me surprend... Vous alerterez la police si vous ne me voyez pas revenir. De mon côté, sachant en quelque sorte mes arrières assurés, je pourrai impressionner l'adversaire s'il me surprend et me menace. Vous comprenez?

Oui, François, Mick et Annie comprennent parfaitement... que Claude est résolue à n'en faire qu'à sa tête, en dépit du danger réel qu'elle peut courir. Mais il n'y a pas à discuter...

Les Cinq décident d'agir le soir même... Un peu avant l'heure de la fermeture, et après s'être assuré que le magasin de souvenirs ne contient plus un seul client, François en franchit le seuil.

Mick, Annie et Dago occupent déjà leur poste, derrière un kiosque d'affichage situé à moins de dix mètres de la boutique. Quant à Claude, elle suit François à distance. Elle voit son cousin entrer dans le magasin. Alors,

feignant de regarder les bibelots exposés à la devanture, elle se met à surveiller l'intérieur de la boutique.

François s'avance avec désinvolture vers Pradier. Celui-ci se mord les lèvres. De toute évidence, il reconnaît son visiteur. Cependant, il n'en laisse rien paraître et se force à sourire.

— Bonjour, jeune homme. Que désirez-vous ?

François comprend que Pradier, sa méfiance en éveil, ne va plus le lâcher d'une semelle. C'est exactement ce qu'il voulait… et ce que Claude a prévu !

— Bonjour, monsieur, répond-il avec courtoisie. Je voudrais acheter un petit cadeau pour ma mère. Vous avez des fleurs séchées en médaillon. Puis-je les voir de près ?

Pradier se dirige vers une étagère qui court le long du mur. François se penche sur les fleurs en même temps que le marchand, cachant ainsi la porte à Pradier. C'est l'instant que guette Claude…

Vive et silencieuse, elle se faufile dans la boutique sans être vue. François, en entrant, a laissé la porte entrebâillée pour lui faciliter la manœuvre. En quelques enjambées rapides, Claude traverse le magasin et disparaît dans l'arrière-boutique. Pradier, occupé par François, lui tourne le dos. Il ne s'aperçoit de rien…

Une fois dans l'arrière-salle, Claude regarde autour d'elle. Il lui faut trouver, sans tarder, une cachette. Certes, François fera traîner le plus possible en longueur l'achat de son médaillon de fleurs séchées ! N'empêche que le temps presse…

La pièce où se trouve Claude est assez grande. Un énorme coffre-fort se dresse contre la cloison de gauche. Un divan s'adosse au mur du fond. Au centre de la salle : une table et des chaises. Et, à droite…

« Chic ! se dit Claude. Un placard-penderie ! Voilà la cachette idéale ! »

L'endroit lui semble d'autant mieux choisi que le manteau et le chapeau de Pradier sont posés sur une chaise : il y a donc peu de chances pour qu'il ouvre le placard.

Sans hésiter, Claude se glisse dans la penderie. Puis elle tire la porte sur elle tout en prenant bien soin de la laisser légèrement entrebâillée. Il ne lui reste plus qu'à attendre…

Bientôt, au bruit des voix qui lui parvient du magasin, elle comprend que François règle son emplette et s'en va. Elle entend Pradier verrouiller la porte de sa boutique. L'heure de la fermeture est venue.

Presque aussitôt, Pradier passe dans l'arrière-salle. Par l'entrebâillement de la porte du placard, Claude le voit se diriger vers le coffre, ouvrir celui-ci et en tirer un gros cahier.

« Son livre de comptes ! » pense Claude.

Sans refermer le coffre, le commerçant retourne dans le magasin. Claude, instruite par trois soirées successives de surveillance, sait ce que Pradier est en train de faire. Installé à son comptoir, il vérifie les recettes de la journée.

N'importe qui, passant sur le trottoir, peut le voir absorbé dans ses comptes : en général, il ne baisse son rideau de fer, à l'ancienne mode, qu'au moment de partir dîner. D'ici là…

— D'ici là, il faut que je sache si les perles roses sont dans ce coffre ou non, murmure Claude pour elle-même.

L'occasion est idéale. Jamais la jeune détective n'aurait espéré que Pradier, en ouvrant son coffre, lui faciliterait à ce point la tâche. Cependant, à l'idée de ce qu'elle va tenter, le cœur lui bat très fort…

Très doucement, elle repousse le battant de la penderie et sort de sa cachette… À pas de loup, l'oreille tendue, Claude se dirige vers le coffre. Son regard plonge à l'intérieur. Il y a, là, des boîtes de tailles diverses, des enveloppes épaisses et, dans un coin… un écrin d'un bleu fané qui ressemble beaucoup à celui contenant les fameuses perles roses. Claude tend la main pour se rendre compte…

Un craquement de la chaise de Pradier arrête son geste. Le commerçant vient de se lever. Il va revenir. Claude, retenant son souffle, réintègre sa cachette. Il était temps ! Pradier apparaît déjà. Il remet son livre de comptes en place mais ne referme pas encore le coffre. Claude le voit retourner dans le magasin, puis elle l'entend baisser son rideau de fer…

Cependant, l'alerte a été chaude. La jeune détective n'ose pas profiter de ce répit pour ouvrir l'écrin et faire glisser son contenu dans sa poche s'il s'agit bien des perles. Elle craint de n'avoir pas le temps et d'être surprise.

Pradier reparaît dans son champ visuel. Il s'approche de nouveau du coffre.

« Flûte ! se dit Claude avec rage. Ce coup-ci, il va le refermer, c'est certain ! »

Mais elle se trompe. Quand Pradier se retourne, il tient l'écrin à la main. Il l'ouvre d'un air extasié et, sous les yeux émerveillés de Claude, en sort le double rang de perles roses qu'il caresse du bout des doigts. On dirait qu'il ne peut en détacher son regard.

Brusquement, la sonnerie du téléphone interrompt sa contemplation. Il sursaute et, comme mû par un réflexe de protection, jette les perles et l'écrin dans le coffre dont il rabat violemment la porte. Celle-ci se ferme avec un déclic très sec.

« Et voilà ! songe Claude, furieuse. J'ai bien retrouvé les perles, mais impossible de mettre la main dessus ! »

Elle ne peut rien faire qu'attendre... Soudain, elle tressaille, attentive à ce que dit Pradier au téléphone.

— Allô !... Ah ! C'est vous, Hatsumoto !... Pourquoi diable m'appelez-vous à cette heure-ci ?... Je viens tout juste de fermer. J'aurais très bien pu avoir encore un client dans ma boutique, ce qui m'aurait empêché de vous répondre librement. De toute manière, évitez de m'appeler ici en dehors des jours et des heures convenus. Combien de fois faudra-t-il vous le répéter ?... Oui, oui ! Je sais bien que vous autres, Japonais, êtes en général très prudents. Mais il suffit d'une indiscrétion, souvent, pour faire échouer le plan le plus astucieux... Non ! bien sûr que non ! La police ne se doute en rien de notre petit trafic, mais, je vous le répète, il faut être prudents... Que dites-vous ?... Vous étiez impatient de savoir si j'avais reçu de la marchandise ? Écoutez-moi bien, Hatsumoto ! Que ce soit la dernière

fois que vous et vos amis m'appeliez ainsi à l'improviste.

Un silence suit. Pradier écoute ce que lui dit, au bout du fil, son invisible correspondant. Puis il reprend :

— Vous savez très bien que, pour être fixé sur chaque nouvel arrivage de perles, il vous suffit de passer devant ma porte et de regarder ma vitrine. Cela évite les conversations, téléphoniques ou autres, toujours dangereuses. Compris ? Ai-je besoin de vous rappeler la marche à suivre ? Quand vous constatez que la marchandise est là, vous me demandez « Combien ? » par téléphone. Je vous fixe le prix. Et vous savez très bien, à partir de là, comment opérer la transaction, perles contre argent ! Salut !

Pradier raccroche. Dans sa cachette, Claude retient sa respiration. Elle comprend soudain que le marchand de souvenirs est bien plus qu'un occasionnel voleur de bijoux. C'est un trafiquant de perles… Irrité par son correspondant, il vient d'avoir la langue trop longue.

Claude sait que les perles japonaises véritables sont parmi les plus estimées sur le marché mondial. Elles coûtent, hélas ! fort cher, compte tenu surtout des taxes douanières. Se peut-il que Pradier serve d'intermédiaire entre des arrivages clandestins de perles du Japon et des « distributeurs » ou des receleurs habitant en France ?... Tout cela, dans la tête du chef des Cinq, s'agite de manière plutôt confuse. Une chose, en tout cas, lui apparaît nettement : si Pradier découvre qu'elle l'espionne et qu'elle a surpris son trafic, il sera dans l'obligation d'écarter ce témoin gênant... Jamais peut-être, la jeune téméraire ne s'est trouvée dans une situation aussi périlleuse. Elle frissonne malgré elle. Puis, son courage lui revient.

« Je m'en tirerai ! » se promet-elle.

Après avoir raccroché, Pradier reste un moment pensif... Puis il rouvre la porte de son coffre-fort, remet soigneusement les perles dans leur écrin et l'écrin à sa place, ferme à clé la lourde porte et brouille la combinaison...

Par l'entrebâillement de la porte du placard, Claude le voit coiffer son chapeau et saisir son manteau. Elle s'en réjouit tout bas. Le triste individu va s'en aller et elle-même sera enfin libre d'en faire autant. Dehors, ses cousins et Dagobert doivent s'impatienter.

Mais voilà que Pradier suspend son geste et murmure pour lui-même :

— Ce manteau est bien chaud. Il fait doux ce soir. Si je prenais plutôt mon imperméable ?

Claude sent son cœur marquer un temps d'arrêt. Si l'escroc décide de changer de vêtement, il ouvrira fatalement le placard-penderie, et alors... Elle se fait toute petite et se fige dans une immobilité rigoureuse. Trois secondes interminables s'écoulent.

— Bah ! marmonne Pradier. On ne sait jamais ! Le temps peut fraîchir de nouveau !

Et il enfile son manteau. Après quoi, il éteint la lumière et sort. Un instant plus tard, Claude l'entend refermer derrière lui la porte de la rue. Alors seulement, elle jaillit hors de sa cachette.

— Ouf ! soupire-t-elle. J'ai eu peur ! S'il m'avait surprise... Bah ! N'y pensons plus !... Dire que les perles roses d'Arlette sont là, derrière ce lourd battant... Enfin ! ce soir je ne peux rien faire. Hé, hé ! J'ai tout de même appris pas mal de choses !... À présent, il ne me reste plus qu'à aller rejoindre Mick, François et Annie et à les mettre au courant... Ils vont être drôlement surpris !

À tâtons, Claude se dirige vers le fond de l'arrière-salle.

Là, près du divan, une porte basse ouvre, elle le sait, sur l'escalier d'une cave où le commerçant entrepose de la marchandise. Ce n'est pas en vain que, les jours précédents, les jeunes détectives ont interrogé la gardienne de l'immeuble voisin. Grâce à elle, ils connaissent la disposition des lieux.

Claude n'a rien laissé au hasard : elle a également appris que cette réserve prend jour par un soupirail donnant sur la ruelle de derrière. L'ouverture n'est pas suffisante pour permettre le passage d'un adulte. Mais Claude est mince… Une fois dans la cave, elle se hisse au niveau du soupirail, s'assure d'un coup d'œil que la voie est libre et, au prix d'un accroc à son pantalon, se retrouve bientôt dehors. Elle fait en courant le tour du pâté de maisons pour rejoindre ses cousins. Tous, y compris Dag, l'accueillent avec joie.

— Te voilà enfin, s'écrie Mick. Nous commencions à être inquiets ! Qu'as-tu découvert ? Raconte vite !

Claude ne demande pas mieux… Ce soir-là, après dîner, les Cinq se réunissent dans la chambre des garçons.

— D'après ce que tu nous as appris, Claude, commence François, Pradier est un être nuisible, un voleur doublé d'un trafiquant de perles. Il est évident que, sous couvert de son commerce, il se livre à de louches activités.

— Il faut le confondre et l'arrêter ! décrète Mick.

— Ce ne sera peut-être pas facile ! souligne Annie encore tout émue des dangers que sa cousine a courus ce jour-là.

— Pas facile, non ! déclare Claude. Mais pas impossible non plus ! Grâce à la conversation téléphonique entre Pradier et l'un de ses complices, nous disposons d'un indice important...

— Lequel ? interroge Mick vivement.

— En surveillant la vitrine de Pradier, on peut savoir si la « marchandise » est arrivée ou non. Conclusion : il ne faut pas perdre de vue le magasin de souvenirs, et repérer la moindre anomalie dans l'étalage.

François, Mick et Annie donnent leur accord. Dag lui-même aboie en sourdine, comme pour approuver... Dès le lendemain, donc, les Cinq repartent sur le sentier de la guerre. Mais c'est en vain qu'ils examinent avec soin les objets exposés en vitrine par Pradier. Ils ne voient rien de suspect. Mick photographie la devanture, afin de pouvoir, le cas échéant, y relever par la suite un changement quelconque.

Le jour suivant est un dimanche. M. et Mme Dorsel ayant décidé de rendre visite à des amis de leurs cousins, les enfants disposent de leur après-midi entier.

— Allons visiter le Zoo ! propose François.

C'est une agréable détente... jusqu'au moment où, par le plus grand des hasards, les jeunes détectives aperçoivent Pradier au détour d'une allée. Il est en grande conversation avec un Asiatique qui lui remet une boîte semblable à celle qu'a aperçue Claude dans le coffre de l'arrière-boutique.

— Séparons-nous et suivons ces deux hommes ! décide brusquement le chef des Cinq.

Hélas ! La malice d'un singe déjoue son plan... À peine vient-elle de donner ses instructions à ses cousins que Dag pousse un hurlement de douleur :

— Ouaaahhh ! Ouaaahhh !

Le pauvre Dago s'est arrêté trop près d'une cage. Un chimpanzé, avisant la queue du chien, l'a saisie à travers les barreaux et tire dessus de toutes ses forces. Un rassemblement se forme. Les gens rient, protestent ou se moquent de Dag.

Claude crie, s'emporte... Un gardien arrive et, non sans mal, fait lâcher prise au singe. Quand le tohu-bohu général est calmé, les Cinq constatent la disparition de Pradier et de l'autre homme.

— Dommage ! regrette Mick. Nous aurions pu apprendre du nouveau !

— Cette boîte..., suggère Annie. Qui sait si elle ne contient pas une livraison de perles ?

— C'est bien possible, admet Claude en caressant Dago encore mal remis de ses émotions. Le dimanche est peut-être jour de... euh... réception ! Et le Zoo est un endroit bien commode pour rencontrer quelqu'un sans être remarqué.

— Si Pradier vient de recevoir des perles, déclare François, il mettra donc dès demain dans sa vitrine un signal quelconque indiquant que la « marchandise » est arrivée.

— Ou même peut-être les perles elles-mêmes, dissimulées dans un bibelot ou un autre ! dit Claude, pensive.

Dans la soirée, les enfants regardent le journal télévisé. Soudain, une information les fait sursauter : le journaliste signale une invasion de perles d'Orient introduites en fraude sur le territoire français par d'habiles contrebandiers et venant apparemment du Japon.

— Vous voyez ! s'exclame Claude. Il n'y a plus le moindre doute à avoir ! Pradier appartient à ce réseau de fraudeurs !

— Cet homme a la passion des perles comme il l'a prouvé avec l'histoire du collier, remarque Mick. Et il s'y connaît ! Pas étonnant qu'il ait vu dans ce trafic une belle occasion de s'enrichir !

— Mais comment allons-nous le démasquer? demande Annie. Le témoignage de Claude ne suffit pas.

— C'est vrai ! acquiesce François. Elle ne peut pas aller raconter son histoire à la police. On ne la croirait pas !

Mick fait claquer ses doigts d'un air dépité.

— Légalement, la parole de Pradier vaut la tienne, Claude ! Il faut des preuves ou tout au moins de fortes présomptions contre quelqu'un pour obtenir qu'on perquisitionne chez lui !

Claude est toute frémissante. Ah ! Comme elle voudrait pouvoir tout à la fois récupérer les perles d'Arlette et démasquer le fraudeur !

— La seule chose à faire, annonce-t-elle, est de continuer à surveiller Pradier et sa boutique. Demain, forcément, il y aura du nouveau...

chapitre 10

Les trafiquants

Les jeunes détectives dorment mal cette nuit-là. Ils se demandent si Pradier a vraiment reçu une livraison de perles… Ils en sont convaincus le lendemain quand ils arrivent au magasin de souvenirs. Même de loin, on voit que l'étalage a été refait. Comme, le lundi, la boutique n'ouvre que l'après-midi, sans doute Pradier a-t-il passé la matinée à transformer sa vitrine, derrière son rideau baissé… Les enfants prennent leur faction derrière un kiosque d'affichage. Annie est chargée d'aller discrètement en reconnaissance. Quand elle revient, son visage est rose d'émotion.

— Je me suis aidée de la photo prise par Mick, explique-t-elle. Tous les objets habituels

sont encore là, mais disposés différemment. Et il y en a de nouveaux.

— Lesquels ? demande Claude vivement.

— Uniquement de petits coffrets en carton, décorés de coquillages. Tu sais… cette sorte de « souvenirs » avec le nom de la ville écrit dessus à l'encre de Chine.

— Des horreurs ! affirme Mick. Je connais le genre.

Claude réfléchit.

— Ces trucs-là sont démodés et ne se vendent plus guère ! murmure-t-elle. Curieux que Pradier les ait mis en vitrine !

François hausse les épaules.

— Il les a peut-être achetés à un commerçant en faillite ! suggère-t-il… Hep ! Attention !… Regardez !…

De leur poste d'observation, les enfants aperçoivent un homme, petit et mince, qui passe lentement devant le magasin de Pradier.

— Un Japonais ! chuchote Mick. Ah ! Il entre dans la boutique… Attendez un peu, que je prenne mes jumelles !

Mick porte les jumelles à ses yeux et pousse une exclamation :

— Pradier prend un coffret dans la vitrine… Nom d'un chien ! Il fait trop sombre là-dedans pour que je puisse voir le comptoir… Oh ! Voici le Japonais qui ressort… Il tient un paquet à la main… le coffret sans doute !

— Avez-vous remarqué ? s'écrie Claude. Il avait un autre paquet sous le bras, beaucoup plus gros, quand il est entré. Et il ne l'a plus !

Elle réfléchit un moment, le front plissé, et ajoute :

— Si le coffret contient des perles, il est possible que le paquet du Japonais renferme leur prix en espèces. Ainsi, la transaction a pu se faire en un clin d'œil. Même si d'autres clients avaient été là, ils n'auraient vu qu'un paquet oublié. Rien de louche, en somme !…

— Mais l'argent…, dit Annie, étonnée. Pradier n'a pa eu le temps de vérifier la somme.

— Bah ! fait Claude. Les loups ne se dévorent pas entre eux. Ils sont obligés d'être réguliers s'ils veulent que leur petit trafic continue sans heurts…

— Mais que faire ? interroge Mick avec impatience. On ne peut pas suivre le Japonais et lui sauter dessus pour lui chiper son coffret aux perles, tout de même !

— Non, répond Claude. Continuons à surveiller la boutique pour être sûrs de ne pas nous tromper. Ensuite, nous aviserons !

Les Cinq continuent leur guet. À trois reprises encore ils voient surgir, parmi d'autres clients visiblement « hors du coup », des acheteurs suspects. En effet, deux Japonais et un Européen entrent dans la boutique, un paquet ou une grosse enveloppe sous le bras, et font chacun l'acquisition d'un des affreux coffrets en coquillages. Et, chaque fois, ils ressortent en laissant paquet ou enveloppe chez Pradier !

— La preuve est virtuellement faite, que ces gens-là participent à un louche trafic, affirme Claude.

— Une preuve virtuelle n'est pas une preuve concrète ! rappelle François, la mine sombre.

— Aussi suis-je bien décidée à étayer mes suppositions par du solide. La preuve... par neuf ! Voilà ce qu'il nous faut ! achève-t-elle en souriant.

— Sans doute. Mais comment l'obtenir ?

— J'y ai pensé, imagine-toi ! C'est Annie, cette fois encore, qui va partir en reconnaissance !

— Moi ! s'exclame la pauvrette, un peu effrayée.

— Rassure-toi ! Tu ne cours pas grand risque ! promet Claude. De toute façon, c'est toi que Pradier a dû le moins remarquer dans notre groupe. Il t'a à peine vue... tu es du genre petite souris grise !... Regarde !... (Tout en parlant, Claude fourrage dans le cabas qui a servi à transporter Dago)... J'ai apporté cette perruque noire dont tu t'es servie pour te déguiser à notre dernier bal costumé. Mets-la vite !... Là ! Te voilà complètement transformée. Si par hasard Pradier t'avait tout de même remarquée, il ne te reconnaîtrait pas ! Et n'oublie pas tes lunettes de soleil pour cacher tes yeux bleus !

— Que... que dois-je faire ? questionne Annie, peu enthousiaste.

— Tout simplement entrer chez Pradier comme une cliente quelconque et demander à acheter un coffret de coquillages.

— C'est tout ? s'enquiert François, un peu inquiet pour sa petite sœur.

— Absolument tout. Il n'y a pas de danger, je le répète. Mais la réaction de Pradier me fixera. Ou il acceptera de vendre... et je serai bien ennuyée. Ou il refusera et nous comprendrons alors que nos soupçons sont fondés... Allez, Annie ! Va vite et ne te laisse pas troubler.

La petite fille, méconnaissable avec sa perruque noire et ses lunettes sombres, traverse le trottoir et s'approche du magasin. Pas très rassurée, elle en pousse la porte. Pradier est seul. En voyant entrer sa jeune cliente, il arbore un sourire commercial, purement automatique.

— Vous désirez, mon petit ?

Annie comprend qu'il ne la reconnaît pas. Cela lui donne de l'assurance.

— Un souvenir de la région, réplique-t-elle en se tournant vers la vitrine et en faisant mine de choisir. Oh ! Ces petits coffrets me plaisent beaucoup !

— Ils ne sont pas à vendre ! déclare vivement le marchand. Je les ai mis en vitrine uniquement pour la décoration. Prenez autre chose... Tenez ! Vous avez là des colliers et des bracelets charmants et peu coûteux...

— Non, dit Annie. C'est un de ces coffrets que je voulais. Il n'y a vraiment pas moyen d'en avoir un ?

— Non, je vous le répète. Je regrette...

Annie n'insiste pas. Elle sait très bien que Pradier ment. Celui-ci la raccompagne à la porte, comme pressé de se débarrasser d'elle.

Avant de rejoindre ses frères et sa cousine, Annie a l'astuce de contourner le pâté de maisons pour ne pas donner l'éveil à Pradier au cas où il la suivrait des yeux.

En apprenant le résultat de son ambassade, Claude, François et Mick s'écrient en chœur :

— Il a refusé !...

Et Claude ajoute, triomphante :

— J'avais donc raison ! À moi d'agir, maintenant ! Rentrons à la maison, et au pas de charge encore ! Le temps presse ! Il ne faudrait pas que tous les coffrets soient vendus en mon absence.

De retour à l'appartement. Claude soumet à ses cousins le plan qu'elle a conçu :

— Je vais me déguiser à mon tour et, comme Annie, chercher à acheter à Pradier l'un de ses coffrets. Peut-être découvrirai-je quelque chose… Non, non, Dag ! Je ne t'emmène pas ! Pour une fois, tu m'attendras sagement au logis !

Un peu plus tard, métamorphosée en jeune garçon anglais grâce à une perruque rousse, quelques taches de son factices sur le visage et un fort accent d'outre-Manche, Claude s'adresse à Pradier :

— Bonjour, monsieur ! Je veux acheter un petit chose très joli pour ma sœur qui habite dans Londres. Est-ce que vous avez?

Tout en parlant, elle examine la vitrine où il ne reste plus que deux coffrets en coquillages.

— Choisissez, mon jeune ami ! propose Pradier avec un sourire engageant.

Ainsi que Claude l'a prévu, le commerçant ne l'a pas reconnue sous son déguisement. Elle désigne l'un des coffrets :

— Ce petit box… ce boîte ! Il est parfaite !

— Ah ! Ce coffret ! il n'est malheureusement pas à vendre.

Claude fait la grimace.

— Aoh ! C'est très beaucoup dommage ! Peut-être…

Elle est interrompue par l'arrivée d'un homme qui salue et attend son tour d'être servi. Remarquant la grosse enveloppe qu'il serre sous son bras, Claude pense qu'il peut fort bien être l'un des clients très particuliers de Pradier. Elle insiste à haute voix :

— Je veux ce boîte !

Du coin de l'œil, elle voit l'homme tressaillir et Pradier se mordre la lèvre d'un air ennuyé.

— Je vous répète qu'il n'est pas à vendre, jeune homme ! Choisissez autre chose !

Claude finit par acheter un modeste gadget et s'en va... Mais, à peine s'est-elle éloignée de quelques mètres qu'elle revient sur ses pas. En passant devant la vitrine, elle constate que l'un des coffrets a disparu. Un instant plus tard, le « client » sort de la boutique, un petit paquet à la main, mais sans la grosse enveloppe. Pradier, souriant, l'accompagne jusqu'au seuil. Le chef des Cinq s'éclipse sans avoir été vu.

Claude s'arrête au kiosque d'affichage. C'est là qu'elle a fixé rendez-vous à ses cousins. Avant de les quitter, elle leur a donné des instructions précises. Elle a hâte de savoir s'ils ont mené à bien leur mission...

chapitre 11

Le coffret en coquillages

Après le départ de Claude, François, Mick et Annie ne sont pas restés inactifs. Abandonnant Dago dont le transport leur causerait une perte de temps, ils se précipitent au « marché aux puces » voisin, véritable paradis de la brocante. Ils espèrent bien y dénicher ce que Claude les a chargés de trouver. La mission est délicate ! Outre qu'il s'agit de faire l'achat d'un objet très précis, le temps presse !

Rapidement, ils passent d'un éventaire à l'autre. Chacun s'est fixé un secteur bien déterminé à explorer. C'est Annie qui trouve la première. Elle appelle ses frères :

— Regardez ! Voici un coffret semblable à ceux que Pradier a mis dans sa vitrine. Il y a même le nom de la ville écrit dessus ! Et il est si peu défraîchi qu'il a l'air neuf !

— Chic ! se réjouit Mick. Achetons-le vite et dépêchons-nous de rejoindre Claude !

Sitôt leur emplette faite, les trois Gauthier s'offrent le luxe d'un taxi pour aller retrouver Claude... Celle-ci, toujours sous l'aspect d'un jeune Anglais roux, ne se tient plus d'impatience. En voyant ses cousins descendre de taxi, elle s'écrie :

— Alors ! Avez-vous réussi ? Vous arrivez juste à temps ! Il n'y a plus qu'un seul coffret en vitrine !

— Voici l'objet ! annonce fièrement François en tendant le coffret acheté au marché aux puces.

Claude examine la petite boîte.

— Bravo ! Il ressemble comme un frère aux affreux coffrets de Pradier !

Redressant les épaules, elle ajoute :

— Et maintenant, je vais tenter le grand coup dont je vous ai parlé !

— Sois prudente ! supplie Annie.

Claude remet le coffret dans son sac d'emballage et, d'un pas décidé, se dirige vers le magasin de souvenirs. Ses cousins la suivent des yeux, assez inquiets. C'est que Claude, avec son intrépidité naturelle, va jouer gros jeu !

En effet, résolue à savoir ce que contenaient les coffrets de coquillages, elle se propose de s'approprier le dernier en l'échangeant contre celui que ses cousins viennent d'acheter…

Elle a bien calculé son moment : Pradier est très occupé à servir deux jeunes femmes qui n'en finissent plus de choisir des bijoux fantaisie. Du coin de l'œil, il voit entrer le « jeune Anglais », mais ne s'en inquiète pas autrement.

Claude, constatant qu'il ne lui prête pas attention, s'approche de la vitrine et feint d'admirer une série de pantins articulés. Soudain, profitant de ce que Pradier rend la monnaie à ses clientes, elle allonge le bras, soulève doucement le coffret de la devanture et, d'un geste habile, le troque contre le sien. Puis elle saisit un pantin représentant un Arlequin et revient vers le comptoir.

— Je prends cet amusant bonhomme, annonce-t-elle avec son accent britannique.

Elle paie rapidement. En sortant, elle se heurte presque à un homme élégamment vêtu qui arrive.

— Ouf ! souffle-elle en rejoignant ses cousins. J'ai le coffret. À quelques secondes près, il était trop tard, je parie ! Regardez…

En effet, d'où ils sont, les enfants aperçoivent Pradier qui enlève de la vitrine le dernier des coffrets en coquillages : celui que Claude vient d'y déposer !

— Ha, ha! fait celle-ci, triomphante. Dommage que nous ne puissions pas voir la tête de cet acheteur quand il vérifiera la marchandise. Pradier va en entendre de dures!

Annie a une idée.

— Si nous suivions cet homme? suggère-t-elle en désignant le client qui sort de la boutique. Nous découvrirons peut-être qui il est et nous connaîtrons ainsi au moins un des complices de Pradier!

— Excellente idée! approuve Claude. Allons-y!

Discrètement, les jeunes détectives se mettent à filer l'homme. Ils sont fixés à son sujet en le voyant pénétrer dans une des plus grandes bijouteries de la ville, traverser le magasin d'un pas conquérant et disparaître dans l'arrière-boutique. C'est le bijoutier lui-même!

— Nous voilà renseignés! dit François. Pradier alimente en perles de contrebande même des commerçants apparemment honorables! C'est un comble!

— Il ne nous reste plus qu'à le démasquer, conclut Mick. Le coffret chipé par Claude nous y aidera!

— Je l'espère! soupire le chef des Cinq. Rentrons vite!

En revoyant sa jeune maîtresse, Dag manifeste sa joie par des bonds et des aboiements. Il s'est senti très malheureux d'avoir été tenu à l'écart!

Comme il reste encore du temps avant l'heure du dîner, les Cinq se réunissent dans la chambre des garçons. Claude se débarrasse de son déguisement en un tournemain et déballe vivement le coffret. Quatre têtes se penchent avec curiosité sur la petite boîte en carton décorée de coquillages.

— Ce coffret est encore plus laid de près que de loin! fait remarquer Mick.

— Il ne faut pas se fier aux apparences! déclare François. Il contient certainement un trésor!

L'heure est solennelle. Il suffit de soulever le couvercle pour savoir. Mais tous semblent hésiter.

— Ouvre vite, Claude! lance enfin Annie.

François, comme pour retarder cet instant capital, se met à secouer doucement le coffret.

— Je n'entends rien bouger à l'intérieur! annonce-t-il, un peu pâle.

— Nous sommes idiots! bougonne Claude. Il n'y a qu'à regarder!

D'un coup de pouce, elle fait sauter la fragile fermeture du coffret et soulève le couvercle…

Quatre « Oh ! » dépités s'élèvent tandis que Dag pousse – par sympathie sans doute – un « Ouah ! » qui se termine en lamentations.

La boîte est vide !

Les Cinq se sont-ils trompés dans leurs déductions ? Ont-ils pris des apparences pour la réalité ? Claude, revenue de sa première surprise, n'arrive pas à le croire.

— Non ! Non ! dit-elle, répondant tout haut à la question que chacun se pose tout bas. Ce n'est pas possible ! Nous n'avons pas pu nous tromper ! Des perles de contrebande sont forcément cachées dans ce coffret !

Annie passe son doigt à l'intérieur de la boîte. Celle-ci est très banalement doublée d'un affreux papier à fleurettes, qui ne présente pas la moindre bosse suspecte. Le coffret lui-même est des plus ordinaires.

— Peut-être a-t-il un double fond ? suggère François.

Mick appuie son pouce sur les fleurettes qui tapissent le fond, et cela avec tant de fougue que son doigt écrase le carton et passe à travers.

— La preuve est faible ! s'écrie-t-il. Pas de double fond ! Pas la moindre cachette ! Rien de rien ! Nous nous sommes trompés ! Les Cinq sont de piètres détectives !

— Ouah ! lance Dag d'un air de reproche.

Claude prend le coffret et l'examine avec attention…

— Attends un peu, Mick ! Voyons ! Si cette boîte recèle un compartiment secret et que ce ne soit pas au fond, c'est forcément dans le couvercle ou les parois !

— Tous trop minces ! jette François d'un ton péremptoire.

— Peut-être sous les coquillages ! suggère timidement Annie.

Claude trouve l'idée bonne. Empruntant son canif à Mick, elle entreprend de glisser doucement la lame sous un des coquillages collés sur le carton. Ses cousins attendent, un peu émus… Mais il n'y a rien sous le gros escargot de mer nacré auquel s'est attaquée Claude. Annie saisit le coquillage et l'agite. Rien ne remue à l'intérieur. Elle le pose sur la table en soupirant.

— Essayons un autre ! dit Mick.

Successivement, Claude décolle tous les coquillages ornant le coffret… sans découvrir la moindre perle ! À présent le coffret est devant les Cinq, sur la table, réduit à l'état d'un squelette de boîte en carton, sans le moindre mystère, avec, à côté, un petit tas de coquillages très laids.

Brusquement, la chef des Cinq se laisse emporter par la colère. D'un coup de poing vengeur, Claude écrase le coffret qui s'aplatit comme une galette.

— Maudite boîte ! s'exclame-t-elle. Et ces horribles coquillages !... Voilà ce que j'en fais !

D'un revers de main, elle balaie le petit tas d'escargots de mer qui voltigent dans l'air sous le regard consterné de ses cousins.

Seul Dag se méprend sur le sens de ce geste d'énervement. S'imaginant que Claude veut jouer et lui jette les coquillages en guise de cailloux, il bondit, attrape un escargot au vol et le broie sous ses crocs comme une vulgaire noisette.

Surpris par le manque de résistance du « caillou », Dago en recrache bien vite les morceaux. Sa mine étonnée est si drôle, son attitude si comique tandis qu'il contemple les débris de la coquille écrabouillée, que les enfants, détendus, éclatent de rire malgré eux.

Soudain, Claude pousse un cri. Puis elle se baisse vivement et ramasse un petit objet sur le tapis. Quand elle se relève, quelque chose luit au creux de sa paume.

— Regardez ! dit-elle d'une voix tremblante d'émotion.

— Une perle ! s'écrie Annie. Oh ! Qu'elle est belle !

— Hourra ! lance Mick, fou de joie.

François, après un « Ça alors ! » bien senti, prend la perle qui est réellement magnifique, et l'examine de près.

— Elle est encore attachée à ce morceau de coquillage par un point de colle ! annonce-t-il.

Claude et Mick se mettent à quatre pattes sur le sol et entreprennent de ramasser tous les coquillages dispersés à travers la pièce. Cela fait, à l'aide d'un cure-dent de bois tendre, ils délogent, avec mille précautions, ce qui se cache au fond de chaque escargot de mer... Ils recueillent ainsi au total douze perles splendides...

Claude se précipite alors sur Dago et, lui passant les bras autour du cou, frotte sa joue contre son museau.

— Bravo, mon chien ! Tu nous as fameusement aidés à éclaircir ce mystère ! Maintenant, la preuve est faite, pour de bon, que Pradier est un contrebandier ! C'est bien dans ses coffrets qu'il camouflait la « marchandise » reçue en fraude. Et ses clients n'avaient en effet qu'à regarder sa vitrine pour savoir que les perles étaient là, à leur disposition.

Dans sa joie, elle saisit Dag par les pattes de devant et danse avec lui à travers la chambre.

François, Mick et Annie, aussi enthousiastes que leur cousine, se mettent à gambader

comme elle. Tous poussent des cris de joie. Dag, fort excité par ce vacarme, aboit.

— Les Cinq ont triomphé !

— Victoire ! Victoire !

— À bas Pradier !

— En prison, le contrebandier !

— Ouah ! Ouah !

Soudain, la porte s'ouvre avec violence. M. Dorsel, l'air sévère, paraît sur le seuil.

— Ah, ça ! Que signifie ce tapage ? Êtes-vous tous devenus fous subitement ? Je rentre à l'instant. On vous entend de la rue !

— Papa ! réagit Claude en lâchant Dag pour courir vers son père. Si tu savais... Regarde ce que nous avons découvert !

— Nous venons juste de terminer une enquête, explique François. Voilà ce qu'elle a donné !

— Des perles, oncle Henri ! fait Mick, radieux.

— Elles sont véritables, n'est-ce pas ? demande Annie.

Stupéfait, M. Dorsel contemple les perles que Claude a alignées sur la table.

— Ce n'est pas possible ! articule-t-il enfin. Où les avez-vous trouvées ?

— C'est une assez longue histoire..., commence Claude.

C'est au cours du dîner que ses cousins et elle mettent ses parents au courant de toute l'affaire… Comme il faut s'y attendre, sa mère frémit en songeant aux dangers qu'a courus sa fille, et son père la gronde très fort.

— J'ai sans doute eu tort, admet Claude, mais tu sais ce que c'est, papa ! J'ai été entraînée malgré moi par le cours des événements. Quoi qu'il en soit, le résultat est là. Les Cinq ont démasqué des trafiquants de perles japonaises !

— Et nous savons où se trouve le collier d'Arlette Trébor, ajoute Mick. Il ne vous reste plus, oncle Henri, qu'à expliquer toute l'histoire à la police.

M. Dorsel réfléchit. Sitôt après le dîner, il se rend au commissariat avec les enfants et expose l'affaire qui l'amène. Vu la gravité de la chose et en dépit de l'heure tardive, on prévient – tout à fait exceptionnellement – le commissaire à son domicile. L'officier de police accepte de se déplacer pour recevoir la déposition du savant, de sa fille et de ses neveux.

Une fois au courant, et après avoir reçu les précieuses perles en dépôt, le commissaire déclare :

— Nous agirons dès demain. Nous perquisitionnerons chez Pradier et nous l'arrêterons.

Je suppose que, une fois confondu, il acceptera de nommer ses complices.

— Nous en connaissons déjà un, monsieur ! rappelle Claude.

— C'est vrai, mademoiselle. Avec vos cousins, vous avez droit à mes félicitations. Bravo à tous les quatre !

— Ouah ! fait Dag.

— Pardon, à tous les cinq ! rectifie le commissaire en souriant.

M. Dorsel et les enfants prennent congé et rentrent chez eux.

— Papa ! demande Claude avant d'aller se coucher. Est-ce que nous pourrons assister à la perquisition chez Pradier, demain ?

— Tu plaisantes ! réplique M. Dorsel. Les policiers n'ont que faire de vous !

Ni Claude ni ses cousins n'insistent. Mais ils décident de se débrouiller pour assister – de près ou de loin – à l'arrestation de l'homme qu'ils ont démasqué.

— Je veux être bien sûre qu'il ne glissera pas entre les doigts des policiers, dit Claude. Il est tellement malin !

— Invitons Thierry à se joindre à nous ! propose Mick... Et puis, ajoute-t-il, pratique, il pourra nous conduire là-bas en voiture !

chapitre 12

Une arrestation mouvementée

Conformément à leur plan, les Cinq, le lendemain matin, se trouvent sur place de bonne heure. Thierry a répondu avec enthousiasme à leur appel et les a transportés en voiture. Le véhicule est garé le long du trottoir, juste en face du magasin de Pradier. À l'intérieur, silencieux, les cinq compagnons et Dag attendent l'arrivée de la police. Bientôt, ils voient deux hommes en civil descendre d'une voiture noire derrière laquelle s'arrête un car de police. Les deux hommes se dirigent vers le magasin de souvenirs.

— Des inspecteurs de police ! murmure Thierry, intéressé. Ils vont perquisitionner et sans doute embarquer Pradier.

Mick fait la grimace.

— Nous ne verrons pas grand-chose d'ici ! soupire-t-il.

— Écoutez ! J'ai une idée ! dit Claude. Suivez-moi !

Thierry ferme sa voiture à clé et tous s'élancent sur les talons de Claude qui, au pas de gymnastique, contourne le pâté de maisons. Tout en se hâtant, elle explique :

— La ruelle de derrière est presque toujours déserte. Par un soupirail que je connais, nous nous glisserons dans la cave de Pradier. Bien sûr, une porte verrouillée nous séparera de l'arrière-boutique. Mais, si nous ne voyons rien, du moins nous pourrons entendre…

Les Cinq et Thierry se faufilent par l'étroite ouverture et, sans faire de bruit, se groupent derrière la porte. Ils entendent distinctement l'un des inspecteurs ordonner à Pradier :

— Ouvrez ce coffre !

Puis, quelques instants après :

— Victoire ! Les fameuses perles roses volées à Mme Trébor sont bien là !

L'autre inspecteur s'écrie à son tour :

— Et dans ces boîtes… d'autres perles encore !… Naturellement, Pradier, vous êtes bien incapable de nous montrer les factures correspondantes… Allez, mon garçon ! Vous allez venir avec nous…

Claude et ses amis échangent des regards triomphants. Les policiers ont trouvé des preuves. Pradier est en état d'arrestation !

— Parfait ! commente Mick. Ils l'ont arrêté. Il ne pourra plus nuire à personne !

Les Cinq et Thierry reviennent en toute hâte à leur point de départ. Mais l'arrestation de l'escroc leur réserve des surprises… À peine débouchent-ils sur le trottoir qu'ils voient Pradier franchir le seuil de sa boutique : non pas menottes aux poignets et encadré des deux inspecteurs, mais libre et de toute évidence fort pressé de fuir.

Il a dû résister aux policiers car ses vêtements sont en désordre. Il tient à la main l'écrin bleu du collier de perles. Une détermination farouche se lit sur son visage aux traits durs.

— Il s'échappe ! constate Annie, consternée.

— Pas encore ! murmure Claude.

Les deux inspecteurs surgissent à leur tour sur le pas de la porte. Le premier saigne du nez. L'autre gesticule.

— Arrêtez-le ! hurle celui-ci en tendant un poing furieux vers Pradier qui fonce, tête baissée, à travers le flot des voitures avec l'intention évidente de se fondre dans la foule, sur le trottoir opposé.

Déjà, les agents en uniforme sortent du car de police.

— Trop tard ! soupire François, pessimiste.

— Arrêtez-le ! crie encore l'inspecteur.

— À vos ordres, m'sieur ! lance joyeusement Claude. Et, se tournant vers Dago : Kss ! Kss ! mon chien ! Vas-y ! Mords-le ! Arrête-le et ramène-le ! Vite !

Dag comprend bien quand on lui donne des ordres de ce genre. Ce n'est pas la première fois que le vaillant animal est sollicité pour attaquer un ennemi de sa jeune maîtresse. D'ailleurs, quiconque prend ainsi la fuite devient suspect à ses yeux.

Sous le regard stupéfait et presque incrédule des agents et des inspecteurs, Dago, obéissant à la voix de Claude, se faufile à travers les voitures pour se ruer aux trousses de Pradier. Des freins grincent. Des voix courroucées s'élèvent.

— Sale bête ! Elle nous fera avoir un accident !

Claude ne s'inquiète pas, sachant Dagobert malin. En effet, le chien se méfie des voitures et sait les éviter. En quelques bonds en zigzag, il aborde l'autre trottoir et fonce sur le fuyard à l'instant où celui-ci saute sur un taxi.

Tout se passe alors très vite. Les agents sifflent. Les inspecteurs crient. Le chauffeur de taxi se demande si un cyclone ne s'est pas engouffré dans sa voiture où se déroule une lutte furieuse… Quand enfin Claude, ses cousins, Thierry et les policiers arrivent sur les lieux, c'est pour trouver Pradier recroquevillé sur la banquette et tenu en respect par les crocs de Dago.

— Fini la comédie ! annonce l'un des inspecteurs en lui passant les menottes.

Et, se tournant vers les Cinq triomphants :

— Bien travaillé, mes enfants ! Sans vous, nous aurions eu du mal à le rattraper aussi vite !

La minute suivante, il emmène Pradier vers son peu enviable destin…

Dans l'après-midi de ce même jour, les Cinq sont assaillis par les journalistes. Le lendemain, l'aventure du « collier rose » et celle des « perles de contrebande » s'étalent dans tous les quotidiens, ainsi que la photo des enfants, avec Dag à côté de Claude.

« Encore un exploit des Cinq », titre même un journal qui relate avec force détails la capture mouvementée de Pradier.

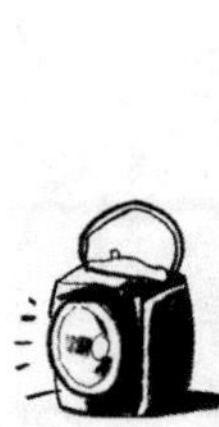

Arlette Trébor et Mona, elles aussi, ont les honneurs de la presse... Hélas ! les vacances s'achèvent. Il ne reste aux Cinq que le temps de faire leurs adieux à la jeune femme. Ils vont la voir, accompagnés de Thierry. Arlette les accueille avec chaleur.

— Je ne sais comment vous remercier, leur dit-elle, d'avoir pris tant de risques pour récupérer mon héritage. Grâce à ma nouvelle fortune, je ne redoute plus l'avenir pour Mona et pour moi ! Quel soulagement, si vous saviez !

Bien entendu, on discute longuement de l'affaire Pradier... Arlette se pose encore des questions. Les enfants, renseignés par les policiers, se chargent d'éclairer sa lanterne.

— Pradier a passé des aveux complets et dénoncé ses complices, explique François. Tous sont actuellement sous les verrous. En ce qui concerne le commerce illicite des perles japonaises, ce joli monsieur servait simplement d'intermédiaire entre vendeurs et acquéreurs.

— L'histoire des perles roses, enchaîne Claude, est carrément en marge des activités frauduleuses de Pradier. C'est par hasard qu'il a appris l'existence du collier.

— Comment cela ? demande Arlette avec curiosité.

Les Cinq, Thierry et elle se trouvent réunis dans son petit salon, autour d'un copieux et appétissant goûter.

— Eh bien, voilà !... reprend Claude. La grand-mère de Pradier était une amie de Germaine Langlois, la testatrice. En feuilletant un paquet de lettres adressées par celle-ci à son aïeule, Pradier a appris l'existence des inestimables perles roses en même temps que l'endroit où Germaine Langlois les cachait quand elle s'absentait : entre le siège et le dossier d'un vieux fauteuil crapaud ! Vous vous doutez de sa réaction lorsqu'il a su que le mobilier Langlois allait être vendu aux enchères ! Il a couru à la salle des ventes le jour de l'exposition. Avec maman, nous sommes arrivés une minute à peine après lui. Il venait de glisser sa main dans la cachette... Sous ses doigts, il avait senti l'écrin. Mais il n'a pas osé le retirer devant nous, bien sûr ! Seulement, quand maman a fait l'acquisition du fauteuil crapaud, il a essayé de le lui racheter ! Devant son refus, il a tenté de la cambrioler... Vous connaissez le reste de l'histoire...

— Mais comment Pradier a-t-il pu remonter jusqu'à moi ? questionne encore Arlette, intriguée.

— Tout simplement en nous filant! avoue François.

Mona pousse un gros soupir.

— C'est vrai que vous allez repartir? dit-elle à Claude tout en caressant Dagobert.

— Oui, mais nous reviendrons te voir un de ces jours. D'ici là, sois bien sage!

— Je vous le promets à tous! déclare gravement la petite fille.

Un instant plus tard, les Cinq rentrent chez eux préparer leur départ. François et Annie sont tout contents de savoir Pradier et la bande des fraudeurs en prison. Mais Claude et Mick pensent déjà à de nouvelles aventures.

Et Dago aussi, je crois bien.

Quel nouveau mystère le Club des Cinq devra-t-il résoudre ?

Pour le savoir, regarde vite la page suivante !

Claude, Dagobert et les autres sont prêts à mener l'enquête

Dans le prochain tome de la série :
Les Cinq et la fortune des Saint-Maur

La foudre s'est abattue sur le chêne du Chalet des Iris *où les Cinq passent leurs vacances. Au pied de l'arbre calciné, Dago déterre un coffret plein de bijoux. Le trésor des Saint-Maur ! Les enfants décident de rendre sa fortune au comte. Mais c'est un imposteur qui se présente à sa place...*

Retrouve toutes les aventures du Club des Cinq en Bibliothèque Rose !

1. Le Club des Cinq et le trésor de l'île

2. Le Club des Cinq et le passage secret

3. Le Club des Cinq contre-attaque

4. Le Club des Cinq en vacances

5. Le Club des Cinq en péril

6. Le Club des Cinq et le cirque de l'Étoile

7. Le Club des Cinq en randonnée

8. Le Club des Cinq pris au piège

9. Le Club des Cinq aux sports d'hiver

10. Le Club des Cinq va camper

11. Le Club des Cinq au bord de la mer

12. Le Club des Cinq et le château de Mauclerc

13. Le Club des Cinq joue et gagne

14. La locomotive du Club des Cinq

15. Enlèvement au Club des Cinq

16. Le Club des Cinq et la maison hantée

17. Le Club des Cinq et les papillons

18. Le Club des Cinq et le coffre aux merveilles

19. La boussole du Club des Cinq

20. Le Club des Cinq et le secret du vieux puits

21. Le Club des Cinq en embuscade

22. Les Cinq sont les plus forts

23. Les Cinq au cap des Tempêtes

24. Les Cinq mènent l'enquête

25. Les Cinq à la télévision

26. Les Cinq et les pirates du ciel

27. Les Cinq contre le Masque Noir

28. Les Cinq et le Galion d'or

29. Les Cinq et la statue inca

30. Les Cinq se mettent en quatre

31. Les Cinq et la fortune des Saint-Maur

32. Les Cinq et le rayon Z

33. Les Cinq vendent la peau de l'ours

34. Les Cinq et le portrait volé

34. Les Cinq et le rubis d'Akbar

Table

hachette s'engage pour l'environnement en réduisant l'empreinte carbone de ses livres. Celle de cet exemplaire est de :
500 g éq. CO_2
Rendez-vous sur
www.hachette-durable.fr

PAPIER À BASE DE
FIBRES CERTIFIÉES

Photogravure Nord Compo - Villeneuve d'Ascq

Imprimé en Roumanie par G. Canale & C. S.A.
Dépôt légal : octobre 2012
Achevé d'imprimer : janvier 2014
20.2912.2/03 – ISBN 978-2-01-202912-5
Loi n° 49956 du 16 juillet 1949
sur les publications destinées à la jeunesse